천천히 그러나
항상 앞으로

천천히 그러나
항상 앞으로

강순희 수필집

수필과비평사

내 수필 속 새소리 바람 소리

　열 살 적에 쓴 동시가 떠오릅니다. 이 글 속 주인공은 딸만 넷을 내리 낳은 끝에 태어난 제 남동생입니다. 농사일이 바쁜 어머니를 대신해서 애기업개 노릇을 했던 열 살 보모인 나는 칭얼거리는 동생에게 내 글에 가락을 붙여 애기구덕을 흔들며 불러주면 아기는 순하게 잠들곤 했습니다. 지금도 이 시구를 오물거리면 의젓했던 열 살 누나가 보여 흐뭇해집니다.

　"우리 아기 착한 아기 귀여운 아기. 잠잘 때는 쌔근쌔근 잘도 자고요. 놀 때는 방실방실 너무 귀여워."로 시작되는 내 글이 교실 뒷벽 '우리들 솜씨'에 붙어 있어 친구들보다 한 발 일찍 등교해 읽으면서 얼마나 좋아했는지 모릅니다. 그 이후로 작문시간이면 신났던 기억과 선생님께서 칭찬해준 동시 한 편의 감흥은 지금도 여전합니다.

　어쭙잖은 글들을 모아 한 권의 책으로 엮었습니다. 글을 쓰는 순간은 그리움과 동경이 마음에 닿아 있어 행복했는데 펼쳐보니 밑천이 드러난 얕은 생각덩이들이 쑥스럽기만 합니다.

덜 여문 글들이지만 조심스럽게 세상에 내놓습니다. 한 구절 한 낱말이라도 누군가와 소통할 수 있다면 더할 나위 없는 위로가 될 것 같습니다.

수필의 정원에서 함께 숲이 되어주고 문학에 빠져 무아경을 날게 해주시는 선생님들, 그리고 문우님들, 사랑합니다.

내 수필 속 새소리 바람 소리에 귀 기울여 주시는 김길웅 수필평론가님 감사합니다.

내 글을 제일 먼저 읽어주는 남편과 두 딸의 야속하리만치 모진 잣대가 독자의 눈임을 압니다. 아들, 사위, 며느리와 내 귀여운 강아지들인 도경이, 석원이, 우용이, 사랑하는 가족들이 있어 내가 있습니다.

수필가란 또 하나의 이름을 달아주신 수필과비평사에 머리 숙여 고마움을 전합니다.

2013. 초여름
강순희

■ 차례

■ 작품해설

김길웅 | 수필평론가. 전 제주문인협회 회장

1

바람의 유혹

오월 훈풍이 다디달다. 자전거동호회원들과 동부 해안 길을 달린다. 자전거 타기는 몸과 마음에 생동감을 준다. 이 시간만큼은 육십을 바라보는 나이는 어디론가 사라져버리고 새싹처럼 싱그러움이 솟아오른다. 내 몸에서 발산되는 동력에너지가 전달되어 구르는 바퀴의 순종이 신바람 나고.

짙은 커피색 고글로 가린 눈 주위 피부만이 간접 자외선에 노출된 옷차림이다. 처음 얼마간은 몸매가 완연히 드러날 정도로 착 달라붙는 자전거복을 입으면 앞뒤로 쏟아지는 눈길을 피하느라 안절부절못했는데 이젠 간편하고 편하다.

몸과 눈으로 부대끼는 희열을 라이브로 즐기는 재미와 스릴이 넘치는 자전거타기지만 힘든 고역을 치르기도 한다. 토막토막 부서지며 내 몸 안으로 밀려드는 것 같은 오르막길. 달려드는 길이 심장 속으로 치받혀 왔다가 거친 날숨에 못 이겨 헉헉거리며 제자리에 갈앉는 느낌을 받는다. 자전거를 무기 삼아 한바탕 싸움을 벌이듯 이판사판 서로 덤빈다.

오르막 뒤에는 어김없이 가파른 내리막길이 기다렸다는 듯 펼쳐진다. 나와 자전거를 한입에 집어 삼킬 듯이 치고 내리받아 대는 내리막길. 가슴 한복판을 뚫고 두 바퀴 사이로 빨려들고 나오기를 일순간에 해대는 곡예길의 아찔한 스릴감.

터질 것 같은 심장의 고통이 따르는 오르막 뒤에 이은 내리막의 진한 이완을 보상으로 받는 게 기분 좋아 달리고, 잠깐 휴식의 꿀맛에 몸이 가뿐하다고 우우거리니 신나서 달리고. 자전거를 타는 재미가 쏠쏠한 까닭이 여기에 있음이다.

목표 지점까지 가는 길과 되돌아오는 길을 한마음 한뜻으로 달리자고 자전거에게 어르다가도 내 힘이 깔딱거리면 기어를 왼쪽 오른쪽 눌러대며 닦달해대는 나. 그러나 자전거는 오르막의 가파름을 연약하고 부드러운 1단 기어로 힘을 분산시키고 잇대어 구를 뿐. 거역이란 없다. 벅벅거리며 오르막의 가파름을 푸념해대는 나와는 딴판으로…….

페달을 돌린 만큼 나아가는 단순수동 작업인 자전거타기지만 내 삶을 견주어 보기도 한다. 인생길에도 한숨 돌릴 여유가 있는 평평

한 길에 이어 힘든 오르막이 곧잘 들이대기에. 시도 때도 없이 밀어 닥치는 곤혹스런 일과들이 무수하지만 삶의 여로에 이래저래 괴롭다 하지 않으리. 평탄한 것 같은 신작로도 굴곡지고 가파른 오르막과 내리막의 연속이잖은가.

복잡하고 신경이 곤두서는 시내권을 벗어나면 해안가 곳곳의 쉼터가 어촌의 소박한 정서와 풍경을 담고서 기다렸다는 듯 나를 끌어들인다. 제주의 절경 중의 절경인 김녕리 해안도로. 안겨드는 바람을 가슴 가득 품는다. 옥색 비단을 굽이굽이 깔아 놓은 것 같은 바다. 유유히 날아다니다 우리 일행을 반기는 가마우지도 그림 속 풍광처럼 다가와 내 눈을 한참 동안 묶어 놓고. 비췻빛 물결은 갯바위 껴안고 사랑놀이 하자며 허리춤에 매달리는 하오의 시간. 우아한 몸짓으로 날개 사리며 바닷물에 점 하나 콕 찍고서 허공으로 날아오르는 저 날렵한 새는 제비갈매기네.

자전거를 길가에 누이고 갯머리에 두 다리를 뻗는다. 해초가 무성하게 너울거리는 곳에 바짓가랑이 걷어붙이고 들어가면 소라 전복 문어 등이 가득 잡힐 것 같은 갯가. 어느새 알아채고 건건찝찔한 맛이 밴 해풍이 내 얼굴을 감싸들며 후각과 미각을 자극하네. 먹지 않아도 기분 좋은 포만감을 주는가 하면 금방 배고프게 하는 갯냄새가 해안가에 가득하다.

그냥 지나기 아쉬운 종달리 해안 길로 접어들면 매번 보는 경치지만 탄성이 쏟아진다. 어느 솜씨 좋은 화가가 갓 그려 넣었는가.

찰랑거리는 물결. 바람처럼 자유로운 갯무꽃의 보라색 짙은 웃음. 온갖 풀과 꽃들의 상긋거리는 모습들이 내달리는 자전거보다 앞서서 영화 속 영상처럼 스쳐간다.

혈액순환을 돕는 풍욕은 늘 덤으로 따라다니지만 오늘 따라 계절이 나를 알근하게 해버렸나. 꼭꼭 여며 껴입었으되 발가벗긴 느낌으로 희롱당하는 이 기분. 자전거를 타고 달리지 않고는 느낄 수 없으리.

벌건 대낮에 온몸 훑으며 싸고도는 애무를 바람 풍이라는 호색꾼에게 당하는 야릇함이라니. 부드럽게 혹은 강렬하게 전신을 샅샅이 휘감아 돌며 유혹하네.

부판이 이르기를

전설 속에 부판이라는 벌레가 있다. 그 벌레 이야기를 들을 때마다 애처로운 마음이 든다. 그 벌레는 지쳐서 일어나지 못할 때까지 등짐을 지고 높은 곳으로 오르려고만 한다. 등짐이 굴러 떨어지면 다시 등 위에 올려놓고 끊임없이 오르막을 향해 기어간다. 기력이 다하면 급기야 땅에 떨어져 죽고 만다는 것. 전해 내려오는 이야기 속 미물이지만 가엾고 딱하다.

누구는 부판이 등짐을 가득 지고 맹목적으로 오르려고만 하는 걸 탐욕이라 말한다. 힘이 다할 때까지 욕심을 채우려 하니 고단한 삶을 이어가면서 용을 쓰다가 끝내 죽음을 부르는 줄도 모르는 미련스러운 짓이라고.

등짐을 짊어지고 높은 곳으로 오르려고만 하는 부판에게도 목표하는 그 무엇이 분명 있을 게다.

슬픔을 등에 짊어진다는 다른 뜻이 담겨 있는 부판이 있다.
아버지 돌아가신 날, 동네 어른들은 등판에 직사각형 삼베 조각이 달린 상복을 지었고 상제인 남동생 셋이 그 상복을 입었다. 철모르는 동생들은 아버지의 가없는 은덕을 대변하는 삼베 조각천의 무게를 알 리가 없었다. 물론 누나인 나도 몰랐다. 동생들은 등 뒤에 가볍디가벼운 헝겊 한 조각이 슬픔이라는 등짐인 걸 몰랐으니 상복 등판에 부판이 달린 것조차 의식하지 못했을 거다.
나흘간의 장례 의식을 치르는 내내 자식들은 침울한 짐을 지고 있었지만 진 걸 모르는 슬픔을 짊어지고 있었던 셈이다. 어머니는 동생들 등판에 부판이 구겨져 제멋대로 덜렁이면 반듯하게 펴주며 눈물짓곤 했다. 나도 그저 아들 상제를 표시하기 위한 증표려니 여겼다. 아들의 등판을 쓰다듬으며 하염없이 우시는 어머니를 바라보며 아버님 돌아가셔서 저들한테 의지할 수밖에 없는 심정에서 그러시는 줄 알았다.
아버지는 아홉 식구의 생을 짊어지고 가파른 인생길을 오르기만 하셨다. 마지막 삶을 내려놓으실 때까지. 가난한 집안의 장남으로 동생 넷의 분가까지 돕느라 얼마나 힘드셨을까.
아버지 돌아가신 지 십여 년이 흘렀다. 무디어졌나 싶었던 그리움이 솟아올라 가슴을 찌른다. 일생을 쉼 없이 오르다 마침내 지쳐서 일어나지 못하신 아버지. 한평생 짊어지셨던 그 짐의 무게를 태산에 비길까.

그거였구나. 등짐의 무게로 평생을 허덕이면서도 짐 내려놓지 못하고 오르려고만 하셨던 이유를 인제야 알 것 같다.

무거운 등짐 지고 끊임없이 오르는 부판의 생애. 아버님의 삶이었네.

연어가 강을 거슬러 올라간다. 그것도 모자라 폭포 위를 넘으려 날듯이 튀어 오른다. 제 새끼들의 살 터전으로 가기 위해서 목숨도 아깝게 생각하지 않는다. 등껍질이 누더기 되어도 험한 폭포를 뚫고 올라갈 수 있었던 위대한 힘.

부판이 내게 들려준다. '저 높은 산 같은 부모님 마음 닮고 싶어 오르는 거라고.'

또 하나의 부판이 슬픔 되어 내 곁에 앉는다.

원추리꽃 만발해서 홍도가 더 붉더라

드디어 몇 년을 벼르던 홍도 여행길에 올랐다. 아침나절인데도 햇볕은 갓 구운 감자처럼 따끈따끈하다. 7월 더위를 무릅쓰고 나선 길, 흑산도는 홍도 가는 차에 덤으로 구경할 참이다.

여행길은 언제나 설렘과 흥분으로 시작된다. 아침밥을 먹는 둥 마는 둥 했지만 남편과 나선 길이라 든든하다. 뱃멀미하면 어쩌나 은근히 걱정되긴 하나 여행은 고생길이라고도 하지 않는가.

목포행 카페리 호에 몸을 싣고 TV에 소파까지 갖춰진 룸에 두 다리 쭉 뻗고 앉으니 기분은 최상. 바다도 이삼 일간 잔잔하겠다니 날씨까지 내 흥을 돋운다.

일행 중 누군가가 걸쭉한 말 한마디 내걸친다. "이번 여행은 배

위에서 시작해서 배에서 내려야 끝나네."라고. '배'라는 단어에 묘한 뉘앙스를 풍겨주니 당연한 여행일정을 말했는데 음담패설로 들려버린다. "그래, 당근이지." 깔깔거리며 바라보는 눈빛들이 곱다.

제주에서 목포행 배를 다섯 시간 타고 흑산도 가는 배를 타서 1박 한 다음 홍도로 가서 홍도 유람선을 두세 시간 가까이 타고, 홍도에서 목포행 배 타고 내려서 제주 행 배를 타야 일정이 끝나니, 배 위에서 시작해서 배에서 내려야 끝난단 말이 맞긴 맞다.

아직 한솥밥은 먹지 않았지만 어느새 한 식구가 돼버린 것처럼 부담 없고 임의롭다. 홍도의 여름철 명물인 원추리가 요즘 한창 개화 시기라고 한다. 원추리가 망망대해를 품고 있는 절벽 능선에 핀다기에 감상할 기대를 잔뜩 하고 있는 참에 야담이 흘러나오니 나도 한몫 끼여 본다.

"옛 중국의 황실에서는 베개 속에 말린 원추리꽃을 넣어서 금침화金枕花라 하면서 애용했대요. 꽃에서 풍기는 향기가 정신을 혼미하게 하고 성감을 일으켜 궁녀들과의 금실을 높였다고 했으니 우리도 금침화 사용해 볼까요."

농담 반 진담 반 얘기를 꺼내 봤지만. 오륙십대들의 반응은 무덤덤하다. 이 정도의 말로는 관심을 끌지 못하는 것인가. 나이를 슬퍼해야 할지 내 무딘 감각에 낙담해야 할지조차도 느낌이 안 닿는다.

"남 몰래 서러운 세월은 가고 물결은 천 번 만 번 밀려오는데" 육지만 바라보다 검게 타버린 〈흑산도 아가씨〉 노래로 유명한 흑산도에 1박했다. 전라도 사투리에 구수한 입담이 척척 달라붙는 버스 기사. 재미있는 분이다. 흑산도의 고속도로라는 25킬로 열두 고갯 길을 완성하는 데 26년이 걸렸다고 너스레를 떤다. 그 말 속에 고립 된 섬의 비애가 묻어나오며 까맣게 그을린 얼굴이 애잔하다.

그 꼬부랑길을 정신없이 빙글빙글 돌리고 나더니 으슥한 골목집 으로 안내한다. 웬일인가 하며 들여다보니 배가 남산만 한 동남아 계의 색시가 우리를 보고 방긋거린다. 의아해 했지만 그 청년기사 의 아내라는 걸 금방 알 수 있었다. 대문 나서면 곧 바로 펼쳐진 갯가에서 잡았을 보말을 우리에게 넌지시 건넨다. 따끈한 것이 갓 삶았나 보다. 만원 한 장을 건네주니 함박웃음을 덤으로 날린다. 덤이란 마음 씀을 얹어줌인데 서로 살갑게 소통할 수 있음이 또 덤 이다.

은근히 의기양양해 하는 예비아빠를 보며 여기 흑산도까지 건너 온 다문화의 씨앗이 무럭무럭 자라길 기대한다. 동남아계 사람들은 원래 가무잡잡한데다 자연이 준 태양광으로 감물들인 것 같은 색시 의 얼굴이 건강해 뵈고 정겹다.

홍도 도착 시작부터 걸찬 구경거리가 내 눈을 휘둥그렇게 만든 다. 몽돌해수욕장의 몽글몽글 몽돌들. 파도가 밀려오고 밀려갈 때 마다 또르르, 또르르 무슨 이야기들을 저리 해대는 걸까? 길손들에 게 인사라도 할 것같이 똘똘한 모습들이건만 저들끼리 놀기에 바쁜 모습이다.

물 주름 되어 장난치듯 찰랑대며 밀려오는 잔물결에 발을 담그니 그제야 몽돌들이 나를 빤히 보며 생글거린다. 얼마만큼의 세월을 세파에 단련되고 굴렀으면 하나같이 모남이 없는, 그러나 제각각 개성 가득한 모습들일까. 이 우주 안에 우리 함께 있음도 인연이라고 나직이 속삭이며 쓰다듬어 본다.

3시간 동안 홍도유람선을 타고 보는 별천지엔 붉디붉은 기암괴석들이 비췻빛 바닷물에 아랫도리를 내맡긴 채 우람하게 혹은 드높은 기상으로 그러나 망망대해 속 고독은 바위 뒤에 숨기고 의연히 서 있다. 남문바위를 비롯하여 촛대바위, 칼바위, 남매바위, 독립문바위, 석화굴, 부부탑, 원숭이바위, 주전자바위, 거북이바위 등. 바다와 어우러져 사람의 힘으로는 도저히 따를 수 없는 조화로운 자연의 진수를 완벽하게 보여준다. 이네들이 있었기에 홍도가 '다도해 해상국립공원'이라는 이름을 꿰찰 수 있었구나.

나의 관심거리였던 원추리. 역시 기대한 것 이상으로 화려하게 피어 있었다. 우리에게 내보이는 꽃은 저리 화사하고 평화로운데. 생장과정이 한눈에 보인다. 덩이뿌리는 가파르고 흙 한 줌 없는 바위에 인고의 생명줄 한 가닥 붙잡고 있다. 검붉고 우락부락한 낭떠러지 바위를 껴안고서 고향이라 섬기니 바위도 예술이고, 원추리꽃도 예술이다. 고작 하루 만에 져버리니 더 애잔한가.

홍도의 원추리에게 어줍지만 시 한 수 선물하는 걸로 여행의 말미를 장식해야겠다.

붉은 바위 어머니와 붉은 태양 아버지
불모의 땅 홍도에 너를 낳으셨네
삼백예순날 헤며 기다린 오늘
하루살이 노란 꿈 피는 기쁜 날
네가 만발해서 홍도가 더 붉구나.
석화인 양 보석인 양 주위가 환하니
하루를 살아도 한 계절 안고 있네
정오의 물안개 이별을 재촉하고
뱃머리 물결처럼 스러질 청춘이여
해 뜨는 동녘 보며 황금으로 피었다가
석양에 미련 없이 스러지는 합환화여

도전하다

추억을 만들자. 떨리는 마음밭에 용기를 심는다. 오늘 코스는 새별 오름 남쪽 능선에서 출발하여 금악리 마을을 돌아서 다시 오름 서쪽 능선을 타서 출발지까지 오는 거리다. 주행거리는 몇 십 킬로 밖에 안 되지만 금악리를 지나면서 시작되는 가파른 새별오름 능선 타기는 인내의 한계에 도전해야 할 것 같다.

574. 이 숫자는 내 등에 붙여진 배번이다. 앞머리 숫자 5는 오십 대란 표시란다. 직장에서 오십대는 치고 올라오는 힘에 의해 벼랑 까지 밀리는 세대라지만 오늘은 다르다. 경기장 분위기로 봐서는 오십대가 트로피를 석권할 기세다. 같은 그룹에 남자선수들의 불끈 거리는 장딴지와 경륜으로 다져진 탄탄한 히프에 자꾸 눈길이 머문

다. 시월의 살찐 태양도 팔등신 번득이는 몸을 탐닉하듯이 내리 비춰대니 근육질의 명암은 가히 예술이다. 그에 비해 뼈 위에 피부가 얹혀 있는 것 같은 내 몸매는 신축성이 뛰어난 사이클 복장의 위력 앞에 더 비리비리해 보인다. 그래도 오늘 꼭 완주하고 말리라는 다짐 앞에 팽팽하게 당겨진 고무줄 같은 나의 세포들.

'탕.' 출발을 알리는 총소리와 함께 심장은 요동치기 시작했다. 얄망궂게도 출발선부터 1단 기어로 놓지 않으면 도저히 바퀴가 구르지 않는 30도 각도쯤 되는 언덕배기 아래다. 더러는 오르다가 실패해서 쓰러지는 선수도 있다. 그들 옆을 지날 때는 찰나지만 부딪칠까 아찔하다. 일단 출발은 무난히 해냈다. 서부산업도로에 접어들면서 바로 내리막이 들이닥친다. 출발점부터 용을 써댄 내 심장은 팽팽한 풍선처럼 터질 것 같다. 몸이 앞으로 꼬꾸라질 것 같은 내리막길. 처르렁대는 심장 소리와 쌩쌩 스쳐가는 바람소리가 자전거 바퀴에 윤활유를 뿌려주는지 얼굴 살이 밀릴 정도로 쏜살같이 구른다. 경사가 심한 내리막에서 치고 들이대는 맞바람과, 과부하된 심장의 박동을 입으로 뿜어내는 소리가 휘몰아치는 폭풍으로 들린다.

　오르막에 다다르니 바퀴에 찰떡이 묻었나, 페달을 돌리는 무게가 천근만근이다. 그 경황없음에도 시월 하늘가로 힐끗 눈을 돌려본다. 옥색 허공에 떠 있는 뭉게구름 무리들이 상큼하고 해말갛다. '우리처럼 몸을 가볍게 띄워서 바퀴를 굴려보세요.'라며 격려하는 것 같다. 함박꽃 미소도 함께 보내며. 마실 나온 초록이 선명한 사마귀 한 쌍도 삼각형 머리를 조아리고 앞발을 모아 성원한다. 나는 용케 피해서 지나갔지만 다른 선수들의 바퀴에 깔리지 않을까 조바심이 든다. 길 한가운데로 나오지는 말았으면 하는 바람이다. "바퀴에 깔리지 않게 제발 풀숲으로 들어가렴." 뒤돌아 볼 수는 없지만 중얼거려 본다.

선두에 그룹으로 달리던 육십대 선수가 오르막에서 뒤처지면서 나에게 추월을 당한다. "언니 코스가 험하지예! 힘 냅서!" 하면서 좌측으로 스쳐지났다. 등에 붙어 있는 번호 6자가 선명하다. 십 년 연배인 걸 알기에 송구한 마음이 든다. 내게 추월당한 그 선수는 오르막이 더 힘들었을 게다. 승부에 연연하지는 않지만 자전거 주행은 오르막에서 제 힘 닿는 한껏 탄력을 주면서 달리지 않으면 몇 배로 더 힘이 들기에 그 어려운 고비에서 추월을 하지 않을 수 없었다.

선두 그룹은 멀리 가버리고 내 뒤로는 선수가 보이지 않는다. 헉헉거리면서도 주위를 관망할 여유를 가져 본다. 서쪽 능선은 출발선에서 본 남쪽 오름 풍경과는 너무나 판이하다. 능선이 완만하고 풍광이 좋아서인지 온통 묘지로 가득하다. 공동묘지는 아닌 것 같고 가족묘지 형태인데 묘지들마다 잘 단장되어서 단아하다. 오후의 풍성한 햇살이 그 많은 묘를 한기 한기 다 껴안고 있는 듯이 보인다.

오름 남쪽은 매년 정월 대보름날 열리는 들불 축제의 제물로 바쳐질 억새의 은물결이 파도처럼 일렁이며 장관이던데, 서쪽능선엔

무덤들이 가장 편한 자세로 땅에 엎디어 순응한 자세가 고요하다. 자전거 경주하며 고요를 뚫고 지나가는 느낌이 야릇하다. 성애性愛의 절정, 아니면 눈에 보이지 않는 태풍의 눈을 지나는 느낌이라고 표현해 볼까.

드디어 최악의 코스인 서쪽 오름 능선 한가운데에 다다랐다. 한눈에 펼쳐지는 너른 들판. "광막한 황야를 달리는 인생아 너는 무엇을 찾으려 왔느냐." 불현듯 윤심덕의 〈사의 찬미〉 노랫말이 생각났다. 저 색색의 야생화들이나 제 목청껏 우는 산새들과 난, 지금 갈구하는 게 무엇일까. 숨 껄떡거리면서 그 노래를 흥얼거리는 나. 이 기막힌 감미로움이여. 숨 막히는 순간엔 많은 양의 엔도르핀이 발산된다는 것을 실감한다. 자전거와 같이 가야 할 목적지는 아득한데.

아스팔트가 아닌 시멘트로 포장한 비끗비끗 미운 오르막 도로가 "자전거 경주를 포기하지 않을래?" 유혹한다. 더구나 중도 탈락한 선수들을 실은 트럭이 내 옆을 지난다. 차에서 누군가가 "힘내세요!" 하면서 손을 흔드는데 힘이 나기는커녕 "여기 타니 너무 좋아요." 하는 소리로 들린다. '안 되지! 중도 포기한 씁쓸한 추억은 만들지 말아야 해. 쓰린 추억도 아름답다지만 탈락의 추억은 싫어. 내 목표는 완주다.'

가늠으로 오름 서남쪽까지 돌아 왔으니까 막바지까지 온 건 지레 짐작으로 알 수 있었다. 차르릉거리던 내 심장이 안정을 찾는다. 그러기도 할 것이 거의 능선을 다 넘어 왔으니 한숨 돌렸음이리라.

고대하던 결승선이 보인다. 더구나 내리막길이다. 동아리 회원들이 환호와 함께 자전거를 받아 챙기며 맞아준다. 비록 선두 그룹에 끼지는 못했지만 오늘, 내가 장하다.

오름 입구의 표지석에 새겨진 전적처럼 최영 장군이 목호를 무찌르고서 마침내 원나라의 백 년 지배를 종식시킨 영광스러운 이곳에서 나와의 싸움에서 완승했다.

경기 내내 아득하고 까마득하게만 보이던 가을 하늘이 새파란 얼굴로 내 품에 달려든다. 앞서 온 뭉게구름 무리들도 하얗게 웃고 있다.

굼부리는 알 거야

    선흘리에 있는 거문오름을 행선지로 잡고 나선 길. 도심은 아침부터 무더위로 숨이 막혀 헉헉거리지만, 배낭 속 얼음물이 등에 닿는 차가운 촉감에 발걸음은 마냥 가볍기만 하다. 거문오름은 시내에서도 가까울 뿐만 아니라 동부산업 도로변이니 교통도 편리해서 일 년에 한 번 정도는 가는 곳이다. 그곳의 정취는 익히 알고 있지만 갈 때마다 새로운 감회가 도는 곳, 벌써 마음은 시원한 숲 속 오솔길로 줄달음친다.

    거문오름은 숲으로 덮여 있어서 검게 보인다고 한다지만, 어원적으로는 '검은'은 신神이란 뜻의 '곤·감·검'에 뿌리를 두는 것으로 풀이된단다. 즉 신령스런 산이라니 우리의 선조들도 신이 내린 보물임을 감지하셨기에 거문오름이라 명하였나 보다.

거문오름의 돌, 흙, 나무, 새들은 그동안 우리의 무관심과 이기심 속에서도 묵묵히 제 위치에서 끈질기게 생명을 이어 왔기에 천연기념물과 세계자연유산에 등재된 고귀한 유산으로 거듭나게 된 것이리라. 지금에 와서야 막무가내식으로 대했던 우리들의 행태를 뒤돌아보면서 더할 나위 없이 귀하고 또한 고맙기 그지없다.

몇 년 전부터 검은오름을 제주의 보고로 영구히 보존하기 위하여 하루 탐방 인원 제한은 물론, 비가 많이 와도 입산을 금지시키고 음식물도 지참할 수 없도록 하고 있다. 우산이나 스틱도 휴대하지 못하게 하는 이유도 탐방하면서 이해할 수 있었다.

누리장나무 한 그루가 좌선하다 열반에 든 노승처럼 풀숲에 넘어져 있다. 그 큰 나무를 지탱했던 뿌리는 납작한 원형 카펫 모양이다. 땅바닥 밑에 용암이 흐르면서 동굴계를 형성했으니 토심土深이 얕을 수밖에. 참선하던 고승의 고뇌가 서린 듯 뿌리를 드러낸 고목이 엄숙하다. 우산이나 스틱을 사용하지 말아야 할 이유가 거기에 있었다.

문화해설가님은 오름에 입산하면 소리도 지르지 말라 한다. 그 이유는 산속의 두견새, 호사비오리, 호사도요, 슴새와 흑비둘기 같은 귀한 새들이 산란율이 떨어지고 숲속 동식물에게 피해를 끼치지 않도록 하자는 데 있다고 한다.

해설사는 풀 한 포기 벌레 한 마리도 너무 소중히 대한다. 유창한 해설에 앞서 나무뿌리가 드러난 곳을 걸을 때는 발뒤꿈치를 들고 걷는다. 나도 따라 발뒤꿈치를 들고 몇 걸음 걸어 보았지만 이내 단념했다.

자연사랑은 마음만으로 실행할 수 없는 것을 새삼 깨달으면서도 아낌없이 베푸는 숲 속 향연에 빠져든다. 향기로운 피톤치드도 가슴 깊이 들이 마신다.

오름 주변에 4·3의 아픔을 고스란히 간직한 35m 깊이의 수직 동굴인 거멀굴을 비롯하여 여기저기에 함몰구가 산재하여 이곳은 공중습도가 높다. 그러니 온갖 양치류가 자생할 수 있는 여건이 마련되어 식나무, 붓순나무 같은 귀한 종들이 군락을 이루어 푸름을 뽐낸다.

한 시간 남짓 걸어서 굼부리가 가까워 올수록 서늘한 기운이 돌면서 한여름인데도 땅바닥 사이로 솟구치는 찬 기운이 몸을 휘감는다. 지상이지만 찬 느낌의 정도는 만장굴 깊숙한 곳에서 느꼈던 서늘한 기운 그 이상이다. 찬 기운이 쏟아져 나오는 풍혈 주위 땅을 발로 치니까 '둥둥' 땅속이 비어 있는 느낌이다. 내가 서 있는 밑바닥은 모두 동굴이라서 그렇단다. 그 말을 들으니 내딛는 발걸음이 더욱 조심스러워진다.

해발 457m의 야트막한 오름이지만 비교적 원시림이 우거진 곳곳마다엔 암벽에 박힌 화산탄이 산재해 있다. 그 옛날 화산이 폭발하던 아득한 고대의 세계를 상상하며 울렁이던 가슴이 거문오름의 속

살인 굼부리 속에 안기니 어머니의 품인 양 마음이 평화롭다.

굼부리에는 새로이 정자가 들어섰다. 탐방객들이 사방을 조망할 수 있도록 만들어 놓았는데 바로 그 중심에 묘가 있었단다. 그 밑을 보니 산담 터가 그대로 남아 있다. 묘 대신 정자지붕이 얹어 있는 것이다. 제주도 풍습에는 묘를 이장하고 난 뒤 버드나무가지를 묘 자리에 꽂고 계란도 땅에 묻는 풍습이 있다. 그 이유는 이장하고 텅 비어버린 묘 자리에 그 주위를 지배하는 토신이 와서 버드나무에게 사라져버린 여기 주인이 동쪽으로 갔느냐고 물어도 끄덕, 서쪽으로 갔느냐고 물어도 끄덕, 계란에게 물으면 눈이 없어 모른다고 하라는 의미가 담겨 있단다. 미신적이고 주술적인 느낌이 강하지만 죽은 이의 영혼을 보호하려는 후손들의 따스한 마음이 느껴진다.

굼부리에서 사방을 둘러보니 선조들이 환란을 피해 숨어 들어와 곳곳에 화전을 일구며 연명했던 생활상들이 눈에 보이는 듯하다. 그 역사의 현장을 꼿꼿이 지키고 있는 곳. 아직도 사악한 기가 흐르는 것 같은 분화구 내에 있는 거대한 일본군 108여단의 주둔지로 구축하였던 진지동굴, 병사 터. 지금은 야생화 무수히 피우고 새들 노랫소리 숲 속 오페라의 향연으로 평화로이 흐르지만, 여기 숨어 살던 민초들이 숯굼터와 샘터 주위의 양하 잎들은 옛 선조들의 손짓인 양 애절하다. 아린 기억들을 녹음 속에 서리서리 간직하고 있으려니.

아픈 멍울마다에 머문 내 시선이 반사되어 쏘였나 눈앞이 흐릿하다. 정자에 서서 중얼거려 본다. '굼부리는 모든 걸 알고 있을 거야. 굼부리 안에 묻혀 있던 영혼도 알고 있겠지.'

제비

이른 저녁을 먹고 바람도 쐴 겸 옥상으로 올라갔다. 해 질 녘 풍
광을 방금 그려놓은 이 누구일까. 물기가 채 마르지 않은 묵향 풍기
는 어스름이 눈길 가는 곳마다 펼쳐 있어 넋이 빠진다. 동쪽 사라봉
과 별도봉 사이로 보이는 바다는 아직 에메랄드빛을 품고 있다. 남
쪽으로는 임금에게 읍례하며 복종하는 듯 엎드린 오름들. 그 오름
을 호위하는 것 같은 한라산이 오늘 따라 더 의연하다.

내 눈에 잡히는 형상들을 경이롭게 하는 것은 역시 서녘 하늘가
에 드리운 노을이다. 하루를 살고 황혼에 든 해가 마지막 열정을
삭히려는지 달아오른 아랫도리는 바다호수에 내맡겨 있다. 눈겨냥
안에 있는 모든 사물들은 천연색이 옅어지며 몰려드는 어둠에 시시

각각 모색暮色으로 물들어 간다.

아직은 온돌방처럼 따스한 기가 남아있는 옥상바닥에 앉았다. 이 때 고즈넉한 공기를 가르며 내 옆으로 뭔가 휙 스쳐 지났다. 제비 다. 공중 타기 하는 무희마냥 맘껏 허공 길을 오르내린다. 내게 장난이라도 거는 것처럼 내 주위를 스쳐 지나는가 하면 되돌아와 머리 위를 빙빙 돌기도 한다. 고공으로 치솟다가 휘익 하강할 때는 날개가 지면을 스칠까 아슬아슬하다. 제비가 누비는 허공 길이 사통팔달이다. 이 늦은 저녁까지 웬 극성들인가. 하루 종일 날아다녀 곤했을 날개를 접고 쉴 일이지.

순간, 흥미로운 일이 벌어진다. 오르내리며 활개 치는 모습이 예사롭지 않다. 제비들이 그냥 날아다니기만 하는 게 아니다. 몸집이 작은 어린 제비가 큰 제비를 쫓아다니며 어설프게 날개를 파닥거린다. 어미가 새끼들에게 전하는 그 무엇이 있다. 서로 주고받는 이야기가 눈에 보인다. 어미 흉내 내며 날갯짓 하느라 애쓰는 새끼들.

어미는 새끼에게 다가올 먼 여행을 같이하기 위해 훈련을 시키고 있노라고 한다. 잘한다고 칭찬도 아끼지 않는다. 새끼들도 날 수 있다는 게 신이 나는지 고개 갸웃거리며 파닥인다. 저러다 옥상바닥에 추락할 것 같아 조바심이 인다. 어미제비들이 날아다니는 몸짓에 애환이 서려 있다. 전선줄에 앉아 과묵하게 지켜보는 제비는 아빠제비일까.

제비는 영물로 알려져 있으며 우리 인간을 경계하지 않는다. 철

새인데도 사시사철 우리 곁에 있는 것 같은 느낌을 준다. 얼마 전 신문기사에 실린 내용인데 한 마리의 제비가 한 해에 잡아먹는 먹이를 해충방제 가치로 환산하면 이만 원이 넘는다고 한다. 어느 동네에는 하얀 제비가 날아다녀 길조라고 기뻐하고 있는 주민들의 모습도 매스컴을 타서 흥미로웠다.

부모님은 제비집을 집안의 안쪽으로 와서 지을수록 큰 행운의 조짐으로 여기곤 했다. 아마 이 새에 대한 전통적 정서에 깊이 빠져 있음이 아닌가 싶다. 제비들도 서슴없이 마루 깊숙한 곳까지 들어와서 집을 짓곤 했다. 새끼를 치기에 편안한 곳의 공기를 직감하며 보금자리를 정했음이리라.

제비에 얽힌 이십여 년 전의 일이 떠오른다. 어느 여름 날, 시가에 불이 났다는 급한 전화를 받았다. 혼비백산하며 달려가 보니 불자동차는 호스를 정리하고 있었고 바깥채 초가는 흔적도 없이 사라져버리고 안채 지붕도 반이 타들어가 있었다. 그야말로 집이 너덜너덜거렸다. 진화는 되어 있었지만 불난 집 풍경이라더니. 해 묵어 낡은 초가에서 나온 매캐한 연기냄새를 뒤집어쓴 어머님과 동네사람들의 행색을 어떤 말로 표현할까. 그 와중에도 어머니께선 8개월 전에 돌아가신 조부님 영정사진을 품에 소중히 안고서 안도하고 계셨다.

반쯤 타들어간 방은 제사 방이었다. 어머니는 조부님 영전에 매일 세끼 상식에 숭늉 올리고 약주 올리고 마지막 담배까지 불 붙여

올리면서 극진한 제례祭禮를 올렸었다. 이러니 할아버님 넋을 화마에서 구해서 다행이라며 안심할 수밖에. 동네가 거의 초가집이었는데 다른 집에 옮겨 붙지 않은 게 얼마나 다행이었는지.

불난 원인을 듣고 넋 나간 어른들 앞에서 헛웃음이 나왔다. 그해도 어김없이 어머니 혼자 사시는 집 마루 위 천장에 제비들이 집을 짓고 새끼를 치고 있었다. 야트막한 초가였지만 어떻게 천장에 손이 닿았는지, 일곱 살, 다섯 살 조카 둘이 털도 자라지 않은 제비새끼 여섯 마리를 꺼내어 구워 먹으려 마당 검불에 불을 붙였단다. 30대가 된 조카들은 어린 날 개구쟁이 짓을 기억하려나.

올해도 제비들은 중양절을 전후하여 남쪽으로 날아가겠지. 부디 새끼들과 같이 건강하게 잘 지내다 다시 오길 기원한다. 제비들과의 이별이 아닌 내년의 반가운 재회를 기약하는 내 마음을 알리고 싶어 날아다니는 제비 무리들에게 손을 흔들어 본다.

남쪽나라 같이 떠날 일념으로 어린 제비들을 호되게 훈련시키는 어미 제비와 맹렬한 훈련을 따라하는 어린 제비들의 암청색 날개가 석양에 번뜩인다. 어둠은 더 짙어져 옥상바닥까지 내려와 앉았다. 회색 허공 한 덩이, 제비의 날개 깃에 잘리어 내 가슴에 덥석 안겨든다.

제비가족들은 떠나야 할 채비를 가을보다 먼저 맞아들이고 있었다.

덩굴손

무리수를 둬서 너무 힘들게 하는 것 같다. 토심이 이십 센티쯤
될까. 그 정도 깊이밖에 안 된 화단이다. 내 딴에는 자디잔 방울토
마토 열매니까 자라서 뿌리를 뻗으면 얼마나 뻗으랴 싶어 협소했지
만 네댓 그루 꾹꾹 눌러 심었다. 고추모종도 풋고추로 따먹을 요량
이었으니 물만 잘 주면서 키우면 될 줄 알았다. 단독의 이층 베란다
공간이다. 빨랫줄 하나 매어놓을 공간이니 오죽 여북할까.

알뜰하게도 전 주인이 통로만 남겨두고 모서리 쪽으로 화단을 만
들어 놓은 곳이다. 한 두어 평쯤 될까. 그 조그만 화단에 빽빽이
들어앉아서 몸을 비벼가며 제 몸을 키우고 열매 맺으려 애쓰고 있
는 채소들. 더러는 힘겨루기를 애시 당초 포기하고 있다. 콩잎 따먹

을 욕심에 검은콩도 틈나는 공간마다 심었고 가지까지 심었다.

터는 아담한데 푸성귀 가득한 텃밭엔 한낮의 뙤약볕처럼 서로 간에 불똥이 튄다. 화단을 넘쳐나게 만드는 일등공신은 어디서 와서 싹틔웠는지 모르는 늙은 호박 줄기다. 호박은 더부살이하면서도 처음부터 기세등등한 게 여간 아니다. 제 분수 모르는 건 이해하지만 자라는 곳의 여건을 아는지 모르는지 덩굴손이 앞잡이 되어 무조건 돌진이다. 눈치 보면서 살살 자라라고 벽면 쪽으로 밀어젖혔지만 막무가내다. 이리저리 헤집고 기어 나오는 품새라니.

그 사이에서 방울토마토의 생존을 위한 몸부림은 치열하다. 하루를 자고 나면 엉겨드는 호박덩굴손. 화단 안 식물들이 그 아귀에 잡히지 않을 수가 없나 보다. 빠져나오려는 몸부림으로 색신이 이리저리 휜다. 감겨드는 손을 억지로 떼어 놓으려다가는 휜 허리의 토마토 줄기가 똑 부러질 것 같아 바라볼 뿐이다.

덩굴손은 대단히 치밀하다. 손끝에 눈이 달린 것도 아닌데 바람을 타고 이리저리 흔들리면서 감아올릴 거리를 탐색한다. 허공에서 휘젓는 덩굴에 손을 대 봤다. 열 개를 셀 정도인 단 몇 초 만에 덩굴손이 휘면서 손가락을 감아 든다.

고춧잎이든 토마토 줄기이든 일단 칭칭 감으면 나머지 부분의 덩굴을 스프링처럼 꼬아 버린다. 호박 줄기와 감긴 물체 사이를 스프링 덩굴로 끌어당겨 밀착시키는 것이다. 호박 열매가 열린 쪽 덩굴은 여러 겹으로 지주를 더 단단히 동여매어 놓는다. 이렇게 완벽한

계산으로 감기는 덩굴손을 어떻게 멀쑥한 고추줄기와 낭창낭창한 토마토줄기가 감당할까. 오늘은 보니까 토마토 머리채를 휘어잡고 있는 형세다.

본의 아니게 나의 과한 욕심이 방울토마토를 수난의 늪에서 허덕이게 해버렸다. 나약한 꽃이 용케 호박 줄기를 피하여 개화한 모습이 가여워서 눈을 떼지 못했는데, 어느새 토끼눈 같이 붉고 동그란 열매를 다복다복 달고 있다. 열매 익는 걸 보살펴야 하는데 막무가내로 달려드는 덩굴손을 어떻게 제지할까.

이웃을 그만 괴롭히라고 '요놈' 하며 호박 덩굴손끼리 묶었다. 마주 묶은 손끼리 비비적거리며 엉겨 보다가 줄기 한 가닥은 전봇대에 연결된 전화선 줄을 움켜잡았다. 전봇대가 오고 싶으면 와 보라는 듯 바라본다. 호박 덩굴손이 이웃을 휘감아 드는 게 도에 지나치다.

우리가 흔히 쓰는 '갈등이 생겼다.'라는 말이 있다. 그 '갈등'이란 말이 갈葛은 칡을 등藤은 등나무를 일컫는다. 둘 다 덩굴 식물이다. 칡은 덩굴손을 왼쪽으로 꼬고 등나무는 오른쪽으로 꼬기 때문에 두 식물이 서로 만나서 꼬일 경우에는 두 나무가 다 고사할 수밖에 없다고 한다. 칡과 등나무가 서로 엇갈려서 얽히는 것을 빗댄 뜻으로 갈등이라고 했다니 기막힌 발상이다. 상반相反하는 것이 양보하지 않고 대립해버리면 속된 말로 끝장이라는 것이다. 낱말 하나에도 이런 식물의 이해관계 속 비의秘意가 숨어 있다니.

고추는 처우 개선을 해주지 않으면 한 개의 고추도 생산하지 않겠노라는 듯 열매를 맺지 않는다. 덩달아 고추 옆에 바짝 붙어 서서 동조하는 모양새의 가지도 눈치를 보며 잎만 키우고 있다.

그에 반해 호박은 대단히 부지런하다. 눈치도 빠르다. 요새는 내가 아침 잠자리에서 일어나자마자 덩굴손의 행태를 살피면서 눈치 보이는 걸 아는지 벌써 핸드볼만 한 호박 두 덩이를 내보인다. 한 덩이는 당당하게 된장항아리 뚜껑 위에 떡 버티고 앉았다. 머리채 휘어잡힌 토마토는 어쩔 수 없이 호박의 버팀목 하수인이 돼버렸나.

분수없는 나를 만난 고추와 토마토에게 조금만 참아 보면 햇빛을 마음껏 받을 날이 있을 거라고 말 한마디 건네 볼까. 아니, 그것도 장담 못하겠다. 서리 내릴 때까지 덩굴손에 의지하고 호박 줄기에 매달린 호박덩이를 본 적이 있으니까.

생존경쟁의 세계에서는 약육강식이 존재할 수밖에 없음을 본다. '굴러온 돌이 박힌 돌 뺀다.'라는 말을 수긍하게 된다.

화단정리를 해야 할까 보다.

바람둥이

    대개의 식물이나 꽃들은 바람둥이란다. 피우는 바람이 자식을 위한 바람이라 하니 무슨 할 말이 있겠나. 꽃의 암술과 수술이 피우는 바람. 식물도감을 뒤적이다가 읽은 재미있는 내용이다.

    후손의 퇴화를 막기 위해 수술은 다른 꽃에 수정을 하고 암술은 다른 꽃으로부터 꽃가루를 받는다는 식물들의 자연 생태 활동을 읽으며 '식물들이 피우는 바람'이란 제목에 머리 끄덕이게 된다.

    사람들이 지구에서 생존하기 시작한 것은 고작 300여만 년 전의 일이지만 4억여 년 전부터 지구에 생존하며 지금에 이른 식물임에랴. 그러니 생존 전략적 면에서는 식물이 좋은 자식과 후예를 남기기 위한 능력이 인간보다 월등하달 수밖에…….

타가수정에 의하여 번식하는 식물인 은행나무는 암수나무가 딴 그루로 생장한다. 철저하게 남남끼리의 결혼인 셈이다. 이런 경우는 바람피우기라는 말이 적절한 것은 아니지만, 은행나무가 고생대 이전부터 존재하여 지금까지도 온전히 그 모양 그대로 생존할 수 있었던 근원이 아닐까.

수술이 먼저 피어서 다른 꽃의 암술에 수정이 끝나서 시들어 버린 다음에야 암술이 익어서 열리는 꽃이 있는가 하면, 그와 반대로 암술이 먼저 열려서 다른 꽃과 수정을 받은 다음에야 수술이 피어서 다른 꽃의 암술에게 꽃가루를 준다고 한다.

사람들이 근친 간의 결혼을 법으로 막는 이유도 열성 유전자는 쉽게 병에 걸리기가 쉽고 몹쓸 병으로 나타나는 경우가 흔하기 때문이지 않은가. 한 예로 왕가의 병이라고 할 만큼 왕족들에게 흔한 혈우병도 대대로 왕가끼리 결혼의 결과라고 하는 것을 보면.

식물도 부모로부터의 수정에 의한 생존방식은 도태될 수밖에 없다고 하니 꽃들이 피우는 바람은 좋은 자식을 얻으려는 치열함이기에 그 바람이 아름답지 않은가. 부모의 열성유전자가 자식에게 유전될 확률을 막기 위한 수단이기에 한갓 미물이지만 지혜 또한 충만하다.

식물에서는 우성이 존속을 위해 피우는 바람이, 사람들의 삶에 끼어들면 희비애락과 더불어 폭풍이 휘몰아치는 경우가 허다하다. 결혼한 부부 중, 어느 한 사람이 난봉이 나거나 마음이 들떠서 다른 이성을 사귀는 것을 통속적인 속어이긴 하지만 '바람났다'라고 흔히 말하는데 식물이 피우는 바람과 견주어 볼 때, 행동하는 가치가 다르기에 비난받고 불화를 일으키는 게 아닐까. 그러니 아무리 뭇 여성이, 그리고 뭇 남성이 감미롭고 꿀떡 같아도 바람도 처지 나름이니 함부로 피우려 들지 말 일이다.

바야흐로 계절의 절정에 다다른 6월이니 들로 산으로 나가서 바람피우는 식물들에게 격려를 해야겠다. 만물의 영장답게 감성지수를 드높여 자연이 경이로움에 찬사를 보내야지.

바람 따라 피고 지고, 자유의 삶을 사는 식물들이라고 건성건성 허투루 보아 넘겼던 풀잎 한 쪽, 꽃 한 송이가 경이롭게 보인다.

2

미혼모와 무화과

영아를 버린 미혼모 A양. 낳은 지 열흘쯤 된 남자 아기를 유기한 혐의로 경찰의 손에 붙잡힌 열일곱 살배기 어린 산모. 사회는 비정한 어미로 낙인찍었다. 다행히 아기는 임시보호소에 옮겨서 보호를 받고 있다고 한다.

요사이 몰아친 한파가 옷깃 헤치며 파고들었나. 가끔 접하는 신문의 사회면 기사 내용이지만 가슴속이 싸해오며 아리다. 인터넷 채팅으로 만난 남성과의 불장난 같은 사랑과 임신으로 저 혼자 애태우고 고뇌하며 지샌 열 달. 가족들 몰래 혼자 모텔 방에서 아기를 낳고 버리기까지의 열흘이란 시간을 헤아려 본다. 열흘 동안 어린 엄마는 아가에게 뭘 먹였을까? 영아가 살아 있는 게 고맙고 기특하다. 십대이지만 모성본능으로 젖을 먹여 보려고 애태웠을 거라는 애절한 추측도 해본다. 산모와 아기가 살아 있음이 감사해서 안도의 한숨이 절로 나온다. 고귀한 두 목숨이 불쌍하고 딱하다.

우리 집에서 십여 분 거리인 동부경찰서 울타리에 아름드리 무화과나무가 있다. 예전에 이곳을 지나다 보니, 울타리를 정비하느라 무화과나무 우듬지를 뭉텅뭉텅 잘라내고 있었다. 큰 가지가 잘려나간 자리에서 피처럼, 눈물처럼, 하얀 진이 줄줄 흘러내리고 있었고 길가에 지천으로 깔려있는 무화과나무 향기라니.

무화과 잎 무성한 곳을 지나면서 야릇하면서도 슬픈 향기에 취해 발길이 머물곤 했다. 젖처럼 하얀 진과 함께 뿜어내는 향기를 더 가까이에서 맡고 싶어 가끔은 잎 하나를 따서 코에 대 보기도 하면서.

생뚱맞다고 할지 모르겠지만 나는 무화과나무 향에서 미혼모의 젖 냄새를 생각한다. 풋풋하면서도 배릿한 냄새. 아기를 떠나보낸 미혼모의 가슴에 절절이 고여 있는 슬픈 냄새.

꽃이 없어도 열매가 맺는 식물이라고 해서 없을 무無에 꽃 화花 그리고 과실 과果에서 무화과라고 한다지. 결혼을 하지 않고 혼자 아기 낳는 미혼모에 무화과를 빗대는 것은 얼토당토않은 발상이란 것을 나도 안다. 하지만 상념의 나래가 이렇게까지 이어놓았기에 내 생각의 갈피에 끼워 넣을 수밖에.

무화과는 여름이 들기 시작하면 떡판같이 둥글 넓적한 잎으로 온 주위를 에워싸고서 몰래 열매를 맺는다. 어린 아가의 주먹 닮은 열매는 자랄수록 그 모양이 더 도드라져 누가 옆에 있으면 한 주먹 날릴 기세로 덩그러니 커 간다. 그 모양새가 꽃도 피우지 못한다고 놀려대서 부아가 났고, 사랑도 모르면서 열매 맺었다고 놀려대니, 화풀이로 허공에 종주먹질 해대는 모양새다. 미혼모의 몰래 한 사랑처럼 남모르게 은밀히 싹 틔운 고운 사랑을 오롯이 하늘에만 보이고 싶었는지도 모를 일.

여름의 막바지를 넘기던 어느 날, 삭막한 경찰서 울타리 너머, 연분홍 열매들이 햇살을 온몸에 바르며 평화롭고 해맑게 웃고 있었다. 탐스러운 열매를 보는 순간 화풀이로 허공에 종주먹질 해 댄다는 나의 섣부름에 아뿔싸 했다.

무화과는 땅을 바라보며 열매 맺지 않는다. 무르익어 뚝 땅으로 떨어지기 전까지는 오직 하늘로만 향하여 홀로 열매 맺고, 홀로 향기롭게 익는다. 무화과의 독특한 생장과정을 알고부터 무화과나무가 있는 곳을 지날 때면 몰래한 사랑의 결실이 기다려지곤 했다.

11월 막바지 허공도 추위로 사색되어 잿빛인 날, 첫서리 맞고 자줏빛으로 물들어 버린 무화과는 남김없이 떨어져버리고 미혼모가 붙잡혀 간 경찰서 정문에도 이미 떨어진 잎들과 이내 떨어져 내리는 잎들이 포도 위에 물결처럼 휘말리며 배회한다. 누구를 기다리나. 와야 할 이 오지 않아 초조하고 심란한 마음 달래며 서성거리는 몸짓이다.

　몰아치는 찬바람에 철문조차 제 몸의 체온을 높이려 삐걱거린다. 저 경찰서 정문에서 A양이 아가를 품에 안고, 행복한 웃음과 함께 나올 수 있었으면. 어린 엄마에게 윤리적 판단의 잔혹한 잣대는 들이밀지 말았으면……

　　　은밀히 다가와 몰래 싹틔운 사랑
　　　사랑도 모르면서 열매 맺었대서
　　　허공으로 종주먹질 해대는 줄 알았더니
　　　오롯이 하늘에만 보이고 싶었나 보다
　　　미혼모의 몰래 한 사랑처럼

　　　가을 깊어 자줏빛 무화과
　　　포도 위에 나뒹굴고
　　　순정도 따라 허물어지고
　　　남산 같은 배에 경악하는 어린 미혼모
　　　모텔 구석진 방에서 몰래 절망의 똬리를 풀었다

　　　모진 목숨이여 아가여
　　　열흘은 하루 이틀 사흘, 그렇게 천천히 흐르는 것
　　　영혼도 애달파 차마 놔두고 떠나지 못한 날들
　　　어미 없는 방에도 배릿하고 풋풋한 냄새

쓰린 가슴에 하얀 피로 멍울진 아픔이 남아
애달픈 어미 냄새 품는다

무화과 떨어진 가지마다엔
차마 떨구지 못한 그리움 두엇 남아
싸늘한 입술에 감도는 자줏빛 계절로 익었다.

부부로 산다는 건

탐라장애인 복지관에 가는 날이다. 일요일이라 같이 등산 가자는 남편에게 일언지하에 거절하고 이른 아침부터 식사 하자고 성화를 대고 나니 조금은 미안하다.

대강 식탁 정리를 하고 부산떨며 현관문을 열다가 얼른 문을 닫았다. 위층 언니가 스카프로 얼굴을 가리고 아저씨와 같이 계단을 내려오고 있다. 한밤중 부부싸움으로 아파트 여러 세대를 혼란스럽게 만들어버렸던 그들인데 언제 그랬냐는 듯 다정하다. 내가 죄 지은 양 멈칫했다. 나를 보면 어색할 것 같아서 눈길을 피하려고 얼른 집안으로 도로 들어왔다. 나의 속단인지는 모르지만 스카프 속 얼굴은 몇 달 전도 그랬던 것처럼 꺼멓게 멍이 들어 있지 않을까 하는 생각을 순간적으로 하면서. 되돌아서서 문을 닫는 나를 보고 남편이 신문을 보려다가 의아한 표정으로 쳐다본다. 아침 햇살 때문인가 오늘따라 유리창에 반사된 남편 머릿결이 더 부스스하고 백발이 돋보여 측은하다. 허울 좋은 봉사활동한답시고 시도 때도 없이 쏘다니는 아내를 허물 잡지 않고 이해하는 심성 좋은 사람.

모처럼 등산이나 같이 가자던 남편에게 '봉사 때문에'라면서 집을 나온 마음은 미안함과 더불어 무거움으로 시작한 하루였건만 복지관에 들어서는 순간 몸이 불편한 지체장애인들을 보니 모든 걸 제쳐두고 나오길 잘했다 싶다. 행사가 있는 날이어서 입구부터 왁자지껄 흥겨운 분위기에 덩달아 마음이 들떴다.

잔치집의 구수한 돗궤기* 냄새도 한몫 행사 분위기를 돋운다. 가마솥에선 몸국*이 뿌글뿌글 끓으면서 제멋대로의 난무에 빠져 있다. 귀 커다란 흑돼지도 알맞게 해체되어 상자 몇 개에 푸짐히 담겨서 모락모락 구수한 냄새를 풍기며 잔치분위기를 돋우고 있다. 점심메뉴는 몸국과 돼지고기 편육이란다.

이윽고 식사시간이 됐다. 식사하러 오시는 분들의 모습이 제각각이다. 휠체어를 타고 미끄러지듯이 가뿐하게 오는 분, 고달픈 삭신을 지팡이에 의지하고 한 발씩 발걸음을 떼면서 오시는 어르신들. 손 따로 발 따로 얼굴 따로 그리고 이목구비 제멋대로이지만 그래도 용케 쓰러지지도 않고 행복하고 순박한 웃음과 함께 아슬아슬 식탁에 안착하는 청년.

모두들 식당으로 모였다. 나는 식사를 편하게 할 수 있도록 멀리 있는 반찬은 가까이 놓으면서 될 수 있으면 편하게 식사할 수 있도록 잔심부름을 했다. 앉는 순서대로 식사를 식탁에 차려드렸는데 한참이 지난 후인데도 할머니가 휠체어를 밀어주면서 같이 오신 할아버지의 밥주발의 뚜껑은 닫힌 채 그대로다.

"할아버지 식사 왜 안 하세요?"라며 쳐다본 순간 할아버지의 손은 무릎 위에 물건처럼 가지런히 놓여 있을 뿐이고 몸은 제멋대로 흔들리며 옆에 있는 할머니만 빤히 쳐다보고 계셨다.

할머니의 밥그릇은 바닥을 보이고 있고 할아버지의 입에서는 뭇국보다 더 짙은 군침이 점퍼 앞깃에 뚝뚝 떨어지고 있었다. 시장기가 역력한 할아버지 모습에 여차 생각할 겨를 없이 밥을 떠서 먹여 드리려고 하는 찰나

"저~ 어기 우리 이녁이 멕여 줄 거여."

어눌한 할아버지의 말. 그 말이 끝나기도 전에 반사적으로 할머니랑 눈이 마주쳤다.

"내가 멕여 줄건디."

나에게 수저를 절대 뺏기지 않을 기세의 당찬 할머니 음성에 멈칫해버린 나. '아, 두 분은 부부간이셨구나.' 휠체어 폭이 장벽처럼 거리를 좁히진 못했지만 어깨 맞대고 다정스레 있는 두 분. 키가 작으니 손목 길이도 유난히 짧은 할머니는 가슴 위에까지 치받혀 올라온 식탁 높이가 너무 버거운가 보다. 정상인들에게 알맞은 높

이의 식탁에서 본인이 드시는 점심도 힘겨웠는지 콧등에는 송골송골 땀도 맺혀 있었다. 손가락까지도 눈에 띄게 보통사람보다 짧았다. 더구나 오른손은 장애가 있어서 왼손밖에 쓸 수 없는 형편이니 안타까울 따름이다. 하지만 능숙하게 국에 밥을 말더니 한쪽 몸을 다 들다시피 하면서 할아버지 입에 숟갈을 갖다 댄다. 넙죽 받아먹으며 나를 보는 할아버지의 눈빛은 한마디로 의기양양이다.

나는 휴지 몇 장을 빼서 할아버지 앞 옷깃에 끼워 드리는 일밖에는 도와드릴 엄두를 못 냈다. 할머니가 몸을 반쯤 일으키면서 떠먹이는 밥을 할아버지는 우물거리다가 꿀꺽 목으로 잘도 넘긴다. 돼지고기를 잘게 찢어 드렸으면 좋겠다는 생각도 한낱 나의 기우였다. 할머니가 손으로 한 점 집어서 입안에 쏙 넣어 주면 몇 번 우물거리다가 꿀꺽 하면 입속은 텅 비곤 했다. 할머니가 고기를 할아버지 입에 넣으면 철을 끌어당기는 지남철같이 짧은 손가락이 입안으로 착착 당기는 듯 보였다. 밥을 먹여주는 할머니 얼굴에서 단물 같은 진땀이 흘렀다. 두 어르신의 주거니 받거니 하며 식사하는 정경을 보니 침샘이 자꾸 고였다. 할머니는 마지막 남은 국물은 사발을 들고 쭉 들이켜 버렸다.

몸은 장애로 여기저기 덜컹거리고 삐걱거려 남루한 집같이 보여도 부부라는 이름의 단단한 대들보가 있어서 다행이다. 삶이란 보따리를 힘겹게 걸메고 있어도 서로 의지하고 버팀목 되어주는 남편과 아내.

장애를 안고 있어서 힘겨운 노부부지만 삶이 끝나는 날까지 두 분이, 떠먹이고 받아먹는 밥처럼 부부애가 다디달았으면 좋겠다. 부부로 산다는 건, 밥주발을 마주 놓고 바라보며 식사할 수 있음에 서로 감사함을 느끼는 것.

　　단순하면서도 무척 거룩한, 그것이구나.

* 돗궤기: 돼지고기의 제주어.
* 몸국: 돼지 뼈를 고아낸 국물에 해초인 몸을 넣고 메밀가루를 풀어 텁텁하게 끓인 국.

≪토지≫를 읽으며

어스름 노을이 서녘들판을 활활 태운다. 해님은 황혼에 들면서도 평사리 들판 부부송을 거느리고 다홍색 열띤 얼굴로 사방을 호위하려든다.

요사이 백 가지 알곡들을 여물게 한다는 백중을 넘기면서 햇살은 토지에 뿌리내린 모든 생명에 은총 가득하다. 자연이 우리 인간에게 베푸는 혜택은 이루 말할 수 없지만 토지가 있어 하늘에서 내리는 비를 감싸 안고 만물을 생성케 한다.

후텁지근하지만 오곡이 영그는 계절에 나는 박경리의 ≪토지≫를 읽기 시작했고 첫 장을 펼치는 순간부터 책 속에 빠져 버렸다. 26년의 장고한 세월 동안 한 땀씩 엮으며 쌓아올린 박경리의 ≪토지≫는 탈고하기 전부터 한국문학의 걸작으로 자리매김 했다. 한국문학사에 거대한 족적을 남긴 역작이다.

박경리님은 ≪토지≫의 서문에서 현실도피를 꿈꾸며 토지에 몰두하려고 습작했지만 토지로부터 멀리 도망치고 싶었다는 아이러니한 심경을 고백하기도 한다. 그렇게 고뇌하고 영혼을 녹이며 만든 대장정의 길이지만 독자인 나는, 비단처럼 매끄럽고 향기 가득한 문학나라 천상의 길이라 경탄하며 무아지경으로 빠져든다.

경남 하동의 평사리를 무대로 5대째 대지주로 군림하는 최 참판댁과 그 소작인들의 이야기가 주를 이루지만 동학운동과 일제강점기 후의 해방까지를 다루고 있다.

학생일 때는 권장도서이니 뽑아들어 별 감흥 없이 설렁설렁 읽었는데 어느덧 인생의 중반기에 들어선 지금은 저자의 갈구하는 힘에 이끌려 책에서 눈을 떼지 못한다.

첫 장부터 시작되는 '어둠의 발소리'와 함께 등장한 '구천이'라는 정체불명 속 머슴의 출현. 나중에 알려지는 사실이지만 최 참판의 어머니 윤씨 부인이 동학장군 김개주에게 겁탈을 당한 후 몰래 낳아서 절에 맡겨버린 아들, 환이가 최 참판댁 머슴으로 오면서 이야기는 스릴이 넘쳐난다.

서희 아버지인 최 참판의 아내와 구천이의 한밤중의 도주. 그와 더불어 어린 서희의 엄마 찾는 울부짖음! 그 애처로움은 만석꾼 대지주의 고방마다 가득 쌓인 낟알 곡식 마다에까지 슬픔과 어둠의 그림자를 드리우기에 충분할 듯했다.

　엄청난 비밀을 가슴에 묻고 살아가는 윤씨 마님의 처절하도록 시퍼렇게 날선 삶과의 투쟁과 최참판이 구천이의 비밀을 한 겹 한 겹 벗겨 내면서 강 포수와 함께 모의해서 지리산으로의 인간사냥을 떠나기 위해 준비하는 과정은 오싹한 전율을 자아낸다. 윤씨 부인 또한 불륜의 씨앗인 자식을 만났고 그 자식이 불륜을 저지르고 떠나버린 현실을 가슴속에 묻으며 대가 댁 마나님의 체통을 지키려 흐트러짐 없는 꼿꼿함. 하루하루를 버티는 정좌자세는 소름끼치도록 처절하다.

　"지리산으로 꼭 가야하겠느냐?"

　"살생은 죄악이니라."

　피맺히도록 절절한 어미의 말은 현실과 모정 사이에서 갈등의 정점을 이룬다. 이렇게 숨 막히게 조여드는 연민과 애증을 작가는, 독자의 감정에 내맡겨 버리고 신념 꿋꿋하게 줄거리만 펼칠 뿐이고…….

　불현듯 내가 읽고 있는 《토지》의 줄거리에서 샐리의 법칙과 머피의 법칙을 연결시켜 본다. 어쩌면 머피의 악령이 토지의 주무대인 평사리에서 깃대를 마구 흔들며 춤추고 있는 환상이 든다.

　구천이와 별당 아씨를 창고에서 풀어준 이가 윤씨 마님일지도 모른다는 추측 사이에서 자식을 향한 한량없는 모정의 경계선이 어디까지인지 나도 혼란스러울 뿐이다. 차라리 머피의 악령에게 항복하며 저주의 깃발을 잠재웠다면 ≪토지≫의 줄거리는 바뀌었을지 모르겠다는 엉뚱한 생각도 하며.

하지만 저자는 가혹하리만치 최치수에게 구천이의 행방을 찾게 했고 끝내는 악심의 회오리로 인해 대주의 목숨과 집안의 풍파라는 어마어마한 소용돌이를 몰고 와 버린다. 그 후에 계속되는 평사리 마을의 괴정(콜레라)의 범람과 윤씨 부인의 죽음은 어린 서희가 감당하기엔 태산 같은 고난으로 몰려오고.

괴로운 환희, 악당과 마녀, 상처 입은 울음, 악마의 유혹, 사라진 여자, 윤씨 부인의 비밀, 실패, 살인교사, 섬진강가에 뿌린 눈물, 한 서린 꿈, 분노의 추적, 사람사냥, 탐욕의 밀회, 이지러진 달, 그리움의 심연, 여인의 한과 욕망, 살해, 폭풍전야, 심증, 살해, 욕정의 재물, 바닥 모를 늪, 내가 읽고 있는 3권까지의 악의 씨앗과도 같은 주제들이다.

내가 여기에 ≪토지≫의 줄거리 소제목을 열거한 이유는 우리의 삶에서 콩 심은 데 콩 나고 팥 심은 데 팥이 열릴 수밖에 없는 자명한 사실을 다시 한 번 느꼈기 때문이다. 머피의 법칙과 샐리의 법칙을 대비해서 우리의 삶을 반추해 보라는 지은이의 메시지도 들어있지 않을까 생각하며.

일상 속, 자투리 시간은 ≪토지≫와 함께하다 보니 어느덧 흰 이슬이 내린다는 백로 절기라서인가 옥빛으로 물든 하늘처럼 토지 3부까지의 내용이 가슴 서늘하게 한다. 가슴을 졸이게 하는 스릴감 속에서 구한말의 슬픈 역사와 고달팠던 식민지시대의 헐떡이던 숨결들도 짚어본다.

서희가 걸어갈 길이 아득하고 애달프기만 하다. 격동기 민족의 응어리 진 한 속에서도 강인한 생명력으로 암울한 시대를 이겨냈던 우리 선조들의 삶을 되짚어봐야지.

다시, 떠나는 자와 남는 자의 종적을 밟으러 ≪토지≫ 제4권을 집어 들었다.

오월의 끝자락을 잡고

누군가 그랬다. 초봄의 신록은 너무 비려서 싫고 한여름 초록은 너무 되바라져 싫다고. 그래서 5월의 신록을 가장 으뜸으로 여기고 예찬하노라고.

새벽시장에 가서 청매실을 샀다. 설탕을 섞으니 청청한 색깔이 더욱 푸르다. 올해 담근 것은 실해서 매실액이 진하겠다. 중년여인의 부터 흐르는 뱃살 같은 항아리에 챙겨 담고 나니 오월의 한 귀퉁이를 붙잡아 놓은 것 같아 흡족하다.

참새 한 쌍이 목련 나뭇가지에 앉아 얼굴 맞대고 새새거리는 모습을 본다. 문득 얼마 전에 산지에서 구입한 작설차가 떠올랐다. 참새의 혀 모양 같다고 해서 작설차라 했다지. 재대로 구입했는지

확인하고픈 마음과 함께 운동한 후의 갈증도 풀 겸 차 잎을 우려냈다. 작설이라 아니할 수 없는 찻잎이 뜨거운 온수에 제 몸의 긴장을 푼다. 꼭 움켜쥐었던 향취도 슬며시 놓아버린다. 살찐 오월을 내 곁에 앉히고 작설차를 마신다.

차를 마시며 밖을 내다보니 겨우내 옹골차게 품었던 꽃망울을 떨쳐 버리고 빈가지 끝에 적적함이 매달려 있던 목련가지에 연둣빛 잎사귀 솟아오름이 눈부시다. 그에 뒤질세라 아파트 벽을 마다않고 기어오르는 더덕 넝쿨이 기세가 만만찮다. 반갑고 당차서 잎줄기를 손끝으로 내리쓸었다. 작년, 그 혹독한 여름 땡볕이 아파트 벽을 기어오르던 어린 줄기들을 무참히 데쳐 버려서 얼마나 서운했었는지. 그렇게 고초를 당했건만 열다섯 살 더덕뿌리는 올해도 옹골찬 넝쿨을 대지 밖으로 내 올린다. 암흑을 뚫고 솟아오르는 잎 자락엔 흙먼지 한 점 없다. 해맑은 연녹색 오월이 더덕줄기에 대롱대롱 매달려 있다.

이 좋은 계절에 난 갱년기 증세인가, 5월의 끝자락에 와 버린 달력을 보며 우울하고 이유 없이 초조하다. 유년 시절 아파서 소풍 못 갔던 그 길고 슬펐던 하루가 어찌 생각나는 걸까?

고향마을을 품고 있는 매봉으로 소풍 나선 친구들은 능선자락을 오르내리며 보물찾기에 신이 나겠고, 장기자랑하며 김밥에 삶은 계란을 맛있게 먹을 텐데 나는 밤새 끓은 열로 움푹 패어 버린 뎅그렁 눈으로 어머니가 따고 있는 완두콩알만 하릴없이 굴리고 있었다.

보물찾기 할 때 어김없이 쪽지가 숨겨졌던 장소! 너럭바위가 얹혀 있는 커다란 고인돌의 돌과 돌 사의의 쏙 들어간 틈새 속을 떠올렸다. 그곳엔 '연필 한 다스' 아니면 '노트 두 권'이라는 쪽지가 틀림없이 숨겨져 있을 텐데. 그 어린 시절의 소풍 못 갔던 슬픔이, 그리고 그 아까운 보물들을 찾지 못하고 놓쳐 버린 아쉬움이 스멀스멀 다가온다.

오늘 아침 산책길에 본 바다는 장관이었다. 사라봉에서 내려다보니 파도의 잔잔한 숨결과 훈풍이 어우러져 은물결 위에 깔렸다. 수평선 멀리까지 파르스름한 비로드가 쫙 깔린 것 같은 호사스러움이라니.

더 이상 좋을 수 없는 계절의 극치를 보여 주는 듯했다. 산으로 눈을 돌리니 집에서 십 분만 차로 달리면 나를 반기며 얼싸안을 오름, 그 언덕 자락엔 꿀벌 맞아들이기에 바쁜 패랭이꽃, 산나리, 제비꽃, 찔레꽃의 향취가 나를 기다리고 있을 것만 같은데…….

하지만 내 몸은 봄볕의 기승에 녹아버린 철쭉꽃처럼, 맥없고 시무룩하다. 마음도 따라서 흐느적거리는 아지랑이 되어 어제와 그 이전의 부질없이 흘러간 시간의 허깨비를 잡고 허청거린다. 마음밭에 덤불이라도 무성하면 도깨비가 나타나서 반짝이는 착상을 선물할지도 모르건만.

집 앞 공원의 아름드리 소나무를 본다. 어느새 송홧가루 머금은 솔 순 입술들이 아가의 뽀얀 팔뚝처럼 복스럽다. 또한 바위틈 비집고 뿌리 내려서 더 탐스러운 한 무더기 덩굴장미는 꽃 피운 안도감에, 바위 위에 앉아 느긋이 함박웃음 내 걸친 맵시가 유난히 정겹고 곰살갑다.

'인생이 여행길'이라지만 새로운 여행길을 찾아 떠나야겠다. '여행'이란 뜻이 '관광이나 유람하다'의 뜻도 있지만 '힘써 행하고 독려하다'라고도 한다니, 여행하는 시간을 메마른 감성에 물주기로 삼아야겠다.

배낭 가벼이 메모지에 볼펜 한 자루와 석류로 만든 홍초 진액만은 빠뜨리지 말아야지. 석류 알맹이처럼 영롱하게 여문 사유와 혀에서 오감으로 전해오는 산뜻한 맑음에 눈물 나도록 시지만 입 안 가득 군침 돌게 하는 상큼한 맛을 찾아야지.

이 오월이 다 가기 전에.

사려니숲 산골조개야

    칠월 중순의 복더위에 도시는 아침부터 기진맥진이다. 더위에서 벗어나고프던 차에 사려니숲으로 '생태 숲 탐방'을 가게 됐다. 안개 자욱한 사려니에 들어서자마자 고즈넉한 숲 속이 성지처럼 다가온다. 지역 주민자치단체에서 하는 행사라서 특별 입산 허가를 받은 숲 속은 인원을 제한하며 입산시켜서인가 한적하고 쾌적하기까지 하다.

    '난대산림연구소'가 있는 사려니숲은 늘 푸른 활엽수와 잎갈이를 하는 활엽수들이 어우러져 아기자기하고 현란하다. 지금은 성하의 계절이라서 녹색 궁전에 온 것 같은 신비감마저 든다. 육지의 온대림보다 수종이 풍부한 곳이 난대림이다. 난대림 숲의 때깔은 온대림과는 뚜렷하게 다르다고 한다. 훨씬 다양한 빛깔을 지닌다고 해서인가 녹색이 넘실거리는 곳마다 생기 가득한 한 폭의 그림으로 다가온다. 사계절 내내 푸르면서도 조금씩 변색된 다른 빛깔이 나타난다는 가이드의 설명을 들으니 금방 다가올 가을엔 어떤 빛깔, 어떤 풍경으로 변할까 궁금하다.

난대림을 형성하는 주된 나무 중에 늘 푸른 활엽수가 많기 때문에 한겨울에도 이곳은 푸름을 잃지 않겠다. 한여름 녹음방초도 좋지만 봄이면 새싹을 틔우며 탈바꿈하는 나무의 빛깔 때문에 봄의 숲은 더욱 화려하지 싶다. 이곳에는 붉가시나무, 구실잣밤나무, 서어나무, 졸참나무, 때죽나무들로 울창하다. 숲 깊숙이 들어갈수록 난대림의 진면목을 보게 된다. 그냥 보면 푸른 숲이지만 키 큰 나무가 키 작은 나무를 보듬으며 서로 정답게 오랜 역사를 엮으며 서 있다.

사려니숲은 자연생태계의 보고다. '난대산림연구소'는 오소리, 큰오색딱다구리, 제주도롱뇽, 삼각산골조개, 으름난초, 새우난초, 금새우난초를 자체 보호종으로 지정해 장기 모니터링을 하고 있다고 한다.

굴거리, 식나무, 꽝꽝나무를 비롯하여 후박나무, 가시나무도 제 이름표를 찰랑거리며 봐 달란다. 굴거리나무는 제주가 북방한계선이라는 새로운 사실도 알았다. 인공림인 삼나무 숲에는 목재 탐방로가 만들어졌다. 삼나무는 근대에 들어와서 형성된 대표적인 제주의 수종으로 자리매김한 나무다. 박정희 전 대통령이 벌거벗은 산야에 빠르게 성장하는 수목으로 삼나무를 심게 해서 제주의 오름들이 형체가 두루뭉술해버렸다고 탄식하는데, 여기의 삼나무는 거대한 인공림과 천연림의 대비가 자연과 조화를 이뤄 더 그윽한 숲이되지 않나 싶다.

팔을 벌려 삼나무를 안아 봤다. 양손 끝이 닿지 않을 정도다. 사시사철 습기가 높으며 토심이 깊고 기름진 생육조건이 하늘을 찌를 듯한 나무로 키웠나 보다. 아라비아의 왕자마냥 호의호식하고 있다.

하늘로 시선을 돌리니 십 미터 높이에 구멍이 보였다. 제주도의 상징 새인 '큰오색딱따구리' 보금자리라고 한다. 삼나무 아래에는 큰천남성, 알꽈리, 뱀톱 같은 식물이 지표면을 점령했다. 생명을 잉태하고 치유와 명상을 안겨주는 숲. 속기로 찌든 영혼을 건강하게 회복시켜 주는 자연은 자애로운 대지의 어머니다.

숲은 단순한 산림자원이 생산되는 곳으로만 취급되었다. 사람에게 주는 혜택이 무궁무진하다는 사실이 알려지면서 지금에 와서야 숲에게 같이 잘 지내보자고 한다. 무위자연이라고 살살거리는 사람들. 거지반은 무참히 없애고 뒤집고 엎어놓은 후에야 '손잡고 같이 가자.' 한다.

아주 쪼끔, 그렇게 베푸니 자연이 금방 화답해 왔다. 백 년 전 백록담에서 살았다던 산골조개를 사려니 늪지에서 발견하여 자연

생태학계가 발칵 뒤집혔다. 아름다운 몸 빛깔을 가진 팔색조도 살고 있다고 한다. 며칠 전에는 반딧불이 최대서식지가 이곳이라는 희소식이 영롱한 반딧불처럼 우리에게 날아들었다. 사려니에 산골조개, 팔색조, 반딧불이가 같이 있어 숲의 가치를 더하게 하고 있다.

제주섬의 경관과 학술·문화적 가치를 세계만방에 공표한 때와 같이하여 3대 환경보호제도인 3관왕을 획득하며 제주의 몸값을 부쩍 올려 놓았다. 브랜드 가치가 높아진 것이다. 자연이 우리에게 되갚음이 눈물겹다.

나의 관심은 온통 산골조개에 쏠렸다. 사진으로 본 삼각산골조개를 혹여 구경할 수 있을지 모른다는 기대감을 안고 늪지만 보이면 그곳으로 신경이 곤두섰다. 그러나 혹시나는 어림없는 나의 생각이었다. 불법으로 온 숲을 뒤질 마음은 아니었지만, 사려니숲 초입부터 공익요원의 감시는 길이 아닌 길은 기웃거릴 엄두도 내지 말아야 하는 것을 일찌감치 알아차리게 했다. 생태 탐방이 끝날 때까지 산골조개를 보고 싶은 마음은 가시질 않았다.

은빛이 돌면서 황색으로 치장한 깜찍한 모습이 눈에 어른거린다. 어딘가에서 꼬물거리며 살고 있을 삼각조개에게 말을 건네 본다. '삼각산골조개야. 멸종된 줄 알았는데 살아 있었구나. 백 년 전 백록담에서 얼굴 내보인 후 어디 살면서 그 많은 세월을 보냈니? 이제야 사려니 난대림 숲 늪지에서 우리에게 나타난 너. 살아있는 네 모습을 사진으로나마 보는 것이지만 놀랍고 신비롭네. 살아 있어줘서

고마워. 너를 발견한 전후로 제주는 대단한 섬으로 부상하며 세계인의 이목을 받고 있단다.'

가던 길 멈추고 숲길 가, 늪지에 쪼그리고 앉아서 종알거리는 나를 보고 뒤따라오던 동료가 이상하다는 듯 쳐다본다. 산골조개, 한낱 미물이지만 그 존재가치가 대단해 보임은 나의 지나친 관심 때문일까. 사려니숲 평온한 보금자리에서 대대손손 많은 식구를 거느렸으면 하는 바람이다.

희망이라는 풍선 하나 띄우니 하산하는 발걸음이 날아갈 듯 가볍다.

가라지와 나

가라지, 어릴 적 나를 많이 괴롭히던 고약한 잡초다. 일명 강아지 풀이라고도 불린다는 것을 지금에야 알았다. 이삭이 패면 강아지 꼬리 같아서 그렇게 불리는 것일까. 그 시절 헷갈리게 하던 가라지가 요즈음 나를 애먹인다. 글밭에 잡초를 없애고 알맹이 튼실하게 자랄 씨앗만 가리며 심어 놓으려 애쓰건만.

한여름, 나를 곤욕스럽게 했던 조밭 김매기. 조 모종을 제대로 앉히는 것이 조 농사의 관건이다. 세 벌까지 매야 수확할 수 있는 조 농사는 농부들의 몸속 기름기를 쏙쏙 빼버린다.

열댓 살 무렵 전 후일 게다. 열심히 김을 매어도 혼나던 나. 다져질 대로 다져진 흙은 여름 뙤약볕에 바싹 조여들어 시멘트 바닥처럼 딱딱했다. 날 끝이 뾰족한 호미도 튕겨버리는 땅을 쪼며 잡초도 뽑고 모종도 솎고. 내 딴에는 튼튼하고 될 성싶은 모종을 남기고 나머지는 솎느라고 솎는데, 앞서서 김매던 어머니가 고함을 질러대신다.

"무사 가라지영 조를 경도 구분 못햄시니."(왜 가라지 풀과 조를 그렇게도 구별 못하니?) 무럭무럭 잘 자란 가라지만 밭이랑에 가득 세워놓고 모종을 죄다 뽑아버린 나. 깜냥으로는 들여다보며 고르고 골라서 모종으로 앉혔는데, 어머닌 사정없이 뽑아버렸다. 조 모종이 있어야 할 자리에 쥐 파먹어버린 호박 덩이처럼 우툴두툴 볼썽사나웠다. 조와 가라지를 구분 못해서 애먹는 나에게 함박 욕이 굴러 온다. 어머니 손이 거쳐 간 자리는 한 뼘 사이의 간격을 두고 모종들이 가지런한데. 속상했다.

농사를 천직으로 알고 사시다 세상 하직하신 부모님. 척박한 땅이었지만 가을이면 이웃 못지않게 곡식을 거두시곤 했다. 식구들을 닦달해가며 해마다 지었던 조 농사에 얽힌 추억들이 물밀듯 밀려온다. 제주도 밭은 화산회토이기 때문에 조 농사를 지으려면 씨 뿌리고 잘 다져줘야 많이 수확할 수 있었다. '조밭 볼리기*' 작업은 조 파종에 필수였다. 그때 잘 다져놓지 않으면 뿌리를 내리지 못해 생장을 제대로 하지 못한다.

밭갈이 한 이랑을 써레질로 편편하게 고른 다음 조 씨앗을 뿌린다. 그 작디작은 알맹이를 뿌리는 작업은 능숙해야 한다. 그때 아버지가 망태기 둘러메고 씨앗 뿌리던 모습이 눈에 선하다. 그 몸놀림을 어떻게 표현할까. 손에서 씨앗이 뿌려지는 속도는 허공 가로지르는 제비의 날갯짓처럼 잽싸고 날렵했다. 다음, 써레질을 하는데 그 일은 우리 아이들 몫이다. 흙의 습도에 따라 써레의 무게가 달랐던 것 같다. 써레는 소나무 가지나 상수리나무 가지를 너부데데하게 펼쳐서 칡넝쿨로 엮어 어깨에 메고 끌 수 있게 긴 끈을 달아서 만든다. 써레질은 신나게 돌아다니면 됐다. 밭일 중에서 제일 쉬운 일이었다. 그 다음 하는 게 조밭 볼리기다.

소와 말을 밭에 풀어놓고 몰고 다니면서 흙을 다지는 작업이다. 씨앗이 뿌리를 잘 내려서 무거운 조 이삭을 패게 하려면 제주의 푸석거리는 땅을 단단히 다져주어야 한다. 이 일도 재미있는 놀이 수준이었다 할까. 가느다란 상수리나무 가지를 회초리 삼아 소와 말의 꽁무니에서 어~러러러를 연발하며 이리저리 몰고 다니기만 하면 된다. 흙을 다지는 일도 순식간에 끝난다. 조 씨앗 파종은 그렇게 설렁설렁 하면 됐다. 부모님을 도와서 조 파종 거드는 일은 일도 아니다.

남이 쓴 글을 읽는 것은 참 쉽다. 흥미진진하게 펼쳐지는 작품은 단숨에 독파할 수 있다. 잘 익은 연시 꼭지 따서 쏙 빨아 먹듯이 그렇게 쉽고 달콤하다.

뭉텅뭉텅 삭제 명령이 내린 내 글밭이여. 자괴심에 빠지고 만다.

지역 문학 모임에서 선보인 내 작품이 중견 작가님 손에 의해 가라지가 뽑혀 나간다. 농부가 가라지 잡초와 조를 구별 못하면 농사지을 자격이 없다는데. 가라지 무성한 조밭은 쭉정이 조 이삭만이 가을 추수를 기다린다는데.

나의 글 농사를 계속 지어야 하나 말아야 하나. "글은 기성명記姓名이면 족하다"라는 말도 있지. 똥 마려운 강아지마냥 부산떨지 말고 동동거리는 시간들에서 벗어나 버릴까.

부모님 가꾸시던 고향 텃밭을 떠올린다. 사시사철 식탁 풍성하게 해주던 송키* 텃밭이 부모님 돌아가시고 몇 개월도 지나지 않았는데 순식간에 묵정밭 돼버려서 슬펐지. 요것조것 가꿔 보려고 일구어 놓은 내 마음의 텃밭. 나의 글밭도 손 떼고 포기하면 어떻게 되는 거지? 고향 묵정밭에 나뒹군 호미자루조차 삭막해서 쓸쓸히 발길 돌렸던 날을 떠올린다.

마음 다져먹고 창작한답시고 며칠 간 컴퓨터에 매달렸다. 한낮엔 바깥 온도가 방안으로 여지없이 들이밀고 와서 불청객 노릇을 자청한다. 저도 들끓는 열기를 식히고 싶은가 보다. 가끔 소로바람이 창문을 통해 나를 스쳐간다. 소오소오 소곤대면서. 한줄기 바람이 있어 앉아서 견딜 만하다. 이 소로바람만큼의 글감이 스쳐 준다면. 버틸 수도 있겠다는 생각에 기특하다. 내가.

어린 시절이었지만 조와 흡사한 가라지 잡초도 한나절 만에 구별

할 수 있었다. 이랑 가득 채워진 조 모종을 뒤돌아보며 신바람 났다. 서너 번의 김매기가 힘든 조 농사지만 그에 열 곱의 김매기를 하며 고르고 정성 들이면 내 글밭에도 이삭 굵은 열매가 맺힐까.

나에게 격려를 아끼지 않으시는 작가님에 의해 주저리 떨어져 나간 아까운 어휘들. 내가 애써 고른 건 가라지였다. 과감히 떨쳐버리니 글밭에 생기가 돈다. 우선 마음의 텃밭에 물을 흠뻑 주고 조 낟알처럼 작디작은 사유일지언정 정성들여 심어야지. 울퉁불퉁한 흙을 써레질하고 다지며, 연약한 감성이지만 거름 삼아 글의 씨앗을 키워봐야겠다. 가꾸는 이 없는 고향 묵정밭을 생각하면 애석해 눈물 나기에.

* 볼리기(제주어): 밟기.
* 송키(제주어): 채소.

지렁이

    지렁이와 동거에 들어간 지 열흘째다. 어림잡아 수천 마리 지렁이 식구를 거느리게 됐다. 새로운 식구가 들어오면서 두어 평 남짓한 화단의 흙은 일대 변혁 중이다. 그래서 시끌벅적하다. 옮겨 심은 배추가 잎사귀들마다 만면에 웃음 가득 머물러 있고 갓 돋아나는 시금치도 골목대장마냥 힘차다. 그도 그럴 것이 지렁이 무리들이 뿌리 주위를 돌며 산소를 공급해주고 실뿌리 잘 뻗으라고 흙을 경운까지 해주니 감지덕지하여 덩실덩실 춤이라도 추고 싶을 게다.

    지렁이를 분양받고 나서 지렁이 체액이 립스틱과 립그로즈의 주원료라는 걸 알았다. 미끈한 체액이 화장품의 재료인 건 수긍이 가지만 기분은 별로다. 내 얼굴 단장에 한몫을 하던 인연이 화단에 살면서 식솔이란 연분으로 맺어졌다. 오늘도 윤기 반지르르한 립그로즈를 얼굴 마무리단장으로 윗입술과 아랫입술에 탐닉하듯 바르며 간접 입맞춤한다. 솔직히 그렇게 즐길 마음은 추호도 없지만 화장대에 즐비한 립스틱이 이를 입증함에랴.

가정에서 배출되는 음식물 쓰레기 처리를 위해서 지역 동 주민센터에서 지렁이를 무상으로 분양받던 날, 젊은 여성 몇몇은 흙과 함께 묵직한 자루에 담긴 지렁이를 보자마자 질색했다. 키울 자신이 없노라고 고개를 설레설레 저었다. 내가 맡아 나섰다. 시골에서 성장하였으니 거부감은 덜했기에 그들 몫까지 챙겨들고 와서 화단에 쏟아 넣었다.

장갑을 단단히 끼고 작업을 했지만 고것들이 꼬물거리는 감촉엔 움칫거리지 않을 수 없었다. 아무려나 지렁이가 만들어준 친환경 텃밭을 가꾸게 될 기대로 부풀어 있으니 일단은 만족한다. 지렁이를 분양받을 때는 유기질 덩어리인 흙에 더 욕심이 쏠린 건 사실이다. 화단의 흙이 메마르고 팍팍했는데 영양덩어리 흙을 한가득 채워 넣으니 부자가 된 느낌이다. 캐나다는 밭에 지렁이가 많고 적음에 따라 농지의 값이 다르다고 한다.

지렁이 하면 쿠바를 떠올리게 된다. 유기농만으로 자급자족하는 나라다. 불과 십 년 만에 유기농법을 정착시킨 나라다. 시초는 소련의 붕괴로 그 나라의 농업이 급박한 기로에 서 있을 때였다. 수입에 의존하던 농약과 화학비료, 트랙터 같은 농기계는 물론 석유의 공급이 끊어지는 사변事變 같은 현실에 놓이게 된다. 이에 쿠바 정부는 '유기농업으로 자급하겠다'는 목표 아래 절박한 심정으로 시작한 결과, 지금은 식량자급률이 100%를 넘는다. 각 가정마다 유기농 흙 만들기의 기본이 되는 지렁이 사육을 해서 분변토를 생산하며 농사한다. 요즘 웰빙 음식에 주목하면서 쿠바의 농사법에 세계가 집중하고 있다. 화학비료와 농약의 과다로 인한 토양의 산성화와 생태계 파괴를 걱정하는 우리 농업의 실태를 뒤돌아보지 않을 수 없다.

지렁이, 어감도 느글거리고 생김새도 쟁그랍지만 자연 생태계에서 참 유익한 생물인 것만은 확실하다. 은근히 정이 쏠리기 시작한다. 이른 새벽 살그머니 앞 화단에 발길이 머문다. 어제 살짝 흙 밑으로 들이민 단감 껍질이며 고구마 껍질 등을 잘 먹었는지 ―실은 쓰레기처리를 잘 하였는지― 확인하고픈 마음에 가까이 가 쪼그려 앉는다. 야행성이기 때문에 제 모습을 쉽사리 노출하지 않는 습성이 마음에 들면서도 꼬물거리며 빨아 먹고 있는 게 보일까 하는 맘도 없지 않다.

곰보빵 껍질처럼 분변토가 지면에 뽀글뽀글 부풀어 있다. 하룻밤 새에 쓰레기를 기름진 흙으로 바꿔놓는 능력, 대단하다. 하루에 제 몸무게의 반 이상을 먹이로 취한다는 게 실감난다. 땅속을 쉼 없이 돌아다니며 땅을 갈아주고 비옥하게 만들어주는 것도 가상한데 한 마리가 소화하는 음식물 쓰레기는 일주일에 이백 그램 정도란다.

분변토는 바싹 말리면 탈취제로 효능도 있다 하니 그 또한 기대가 크다.

지렁이 키우기, 까다롭거나 힘들지 않아 퍽 수월하다. 자가 수정으로 알을 낳아서 번식시키며 음식물 쓰레기를 치워주니 더 이상 무얼 바라겠는가. 더구나 살아있는 식물은 아무리 먹음직스러워도 건드리지 않고 먹으라고 주는 것만 고스란히 처리하여 유기질 흙으로 만들어 주니 얼마나 고맙나.

팅팅했던 흙이 포슬포슬 유순해졌다. 하찮은 걸 들여놓고 소란을 피운다며 시선이 곱지 않던 식구들도 지렁이 먹이를 챙겨든다. 심성이 어머니 같다는 흙과 한낱 미물과의 상생이 갸륵해서 요즘은 화단의 흙을 아기 다독이듯 매만지게 된다.

아! 대마도

　11월의 마지막을 하루 앞둔 날, 일본 대마도에서 비운의 왕녀 덕혜옹주의 결혼 기념비를 봤다. 청수산 자락에 세워진 덕혜옹주 결혼기념비 주위를 에워싼 산자락에는 굽이마다 단풍이 붉게 단장하고 나를 반겼지만 왠지 우울하고 서글펐다.

　조선왕조의 덕혜옹주는 1912년 고종의 환갑 연도에 고명딸로 태어났다. 덕혜옹주의 미모는 출중했다고 한다. 한민족을 뭉개어 없애버릴 계략에 휘말려 눈에 넣어도 아프지 않을 어린 딸을 일본으로 보내야 했던 어버이 마음. 어떻게 헤아려 볼까. 정략결혼의 희생양인 덕혜옹주의 삶의 편린을 좇다가 눈시울이 붉어 온다.

　일본은 1910년 한일합방을 계기로 구 대한제국의 왕족을 일본

황실 밑에 편제하는 본보기로 덕혜옹주를 대마도 영주의 아들인 종무지와 결혼을 시킨다. 몰락한 나라의 왕녀는 애정이 없는 결혼 생활과 남편의 냉대로 정신병에 걸리고. 일본에 유학이란 명목으로 잡혀가서 사면이 바다뿐인 망망대해의 사슬에 억눌린 삶. 행방불명된 딸의 죽음과 이혼으로 내쫓김을 당한 아픔. 처절하게 유린당한 비운의 왕녀. 어느 누군들 마음의 평정을 잃지 않고 버틸 수 있을까.

51세가 되어서야 만신창이 몸 하나 거두고 고국으로 돌아온다. 인질로 끌려간 지 40년 가까이 흐른 뒤였다. 그 뒤 창덕궁 낙선재樂善齋에 27년간 기거하며 한마디의 말도 안 하다가 1989년 돌아가셨다. 즐겁고 선함만 있으라는 낙선재에 기거하면서 망국의 한과, 민족의 비운과 한 많은 생을 함묵당언으로 외쳤건만 우리는 들을 수 없었다. 아니 듣지 않았다.

결혼 기념비 앞에서 봉축을 해야 되련만, 간절한 추모의 기도를 올리고 기념비 주위에 단풍잎을 주웠다. 덕혜옹주의 애환을 알고 있기에 더 진홍빛으로 물든 것 같아서 소중히 메모지 갈피에 끼우면서 와타즈미 신사로 발길을 돌렸다.

대륙과 가장 가까운 섬인 대마도는 신사가 많기로 유명하다. 그중 와타즈미 신사가 일본 천황신화의 뿌리인 용궁설화가 서려 있는 신사라고 한다. 바닷길이 길게 울창한 숲까지 이어져 있는 지리적 조건이야말로 천황신화의 발상지로 손색이 없어 보인다. 도리이라 불리는 문 5기가 바다에서 신사 입구까지 나란히 서 있다. 3기의 도리이는 바닷물에 기둥 일부가 잠겨 있었다. 도리이의 어원이 새가 쉬어가는 곳이라고 풀이한다는데 하늘 천天자를 본뜬 느낌으로 다가왔다. 와타즈미의 어원도 와타가 바다라고 하고 건너다는 뜻도 내포되어 있단다. '즈'는 조사대용이며 미는 신성한 뱀 즉 용이란다. 우연의 일치일까 아니면 자연의 오묘함일까. 신사 들어가는 길목의 소나무 뿌리가 지면에 길게 뻗으며 자라는 형태가 용 모습이다. 스멀스멀 안개가 밀려오고 갑자기 초겨울비가 흩뿌렸다. 추위 때문인지 아니면 요사스런 분위기 때문인지 온몸이 오싹했다. 옷깃 여미며 바다로 눈을 돌리니 호수 같은 아소만 해면 위로 빗방울이 물결 위에 내려앉아 사르르 흐른다.

섬에서는 출렁이는 파도처럼 신화가 섬 주위를 돌고 돌며 장고한 역사를 만드나 보다. 더구나 일본은 섬으로만 이루어진 나라이니 팔백만 신이 있다는 게 믿어지지는 않지만 수긍은 간다. 뱀의 자손인 일본인과 우직한 곰의 자손인 우리. 가깝고도 먼 나라일 수밖에 없는 이유가 여기에 있는지도 모르겠다.

이곳에서도 일본인들의 몸에 밴 친절과 예의 바름이 있어 여정에 흠은 없건만 덕혜옹주를 다시금 떠올리니 뱀의 자손인 일본인들이 괜히 싫다. 그렇지만 이 나라의 국민성만은 우리가 본받고 존중해야 된다고 생각한다. 대마도 역시 천혜의 자연 품에 안겨 있어서 풍광이 좋고 공기가 맑을 뿐만 아니라 일본인답게 검소하고 깨끗하다. 거리엔 오랜 시간이 흐른 것으로 보이는 인도의 보도블록들도 고른 치아처럼 야무지게 박혀있다.

또한 일본인들은 좋은 것은 모방하고 받아들여 한 단계 높이는 모방의 천재라고 하지 않는가. 임진왜란 때 일본군들의 간담을 서늘케 했던 이순신 장군을 본받기 위해 제일의 신으로 모신다는 일본해군들. 우쭐한 기분이었지만 한편으로는 언젠가 봤던 일본 무사의 번득이는 눈빛이 생각나 소름이 돋는다. 아무리 적이라도 배울 점이 있으면 스승으로 모시는 것, 이것이 일본인의 근성이다.

뭐니 뭐니 해도 이번 여행의 절정이라면 에보시다케 전망대에서 본 산자락마다의 단풍과 리아스식 해안인 아소만이다. 붉게 물들어 있어서 홍색 물이 뚝뚝 떨어질듯 한 단풍. 골짜기에는 상록수림이 짙푸른 융단을 깔아놓은 것 같고. 아소만 해안을 에두르며 절경 중의 절경을 연출하고 있었다. 허공 위 사통팔달 전망대에서 대마도 산정 전체를 한눈에 조망하면서 멀리 부산이 보이는가 하고 서쪽으로 실눈 뜨고 쳐다보니 구름인지 육지인지 모를 형체가 아스라이 보이는 것 같다.

어림짐작으로 부산이 아주 가까이 있다는 생각에 빼앗겨 버린 일본 땅 대마도가 아깝다. 김정호의 대동여지도에도 대마도는 우리 땅으로 표기되어 있었다고 하는데. 임진왜란을 겪으면서 쇠약한 조선이 일본에 거저 넘겨버린 꼴이 돼버렸지 않나 싶다. 메이지유신이 일본영토로 편입시켜 버려서 남의 영토가 돼버린 곳. 애석한 땅을 떠나면서 일일이 여권 검열 대를 통과해야함은 자존심 상하고 짜증스러웠다.

검열 직원들이 모습이 독식하고 배부르니 여유로움을 부리는 모습으로 비침은 나의 옹졸한 심사이려나. 그런 내 마음을 아는지 석양을 한입 가득 베어 문 일본 영해의 파도는 우리나라 쾌속선이 쏜 살같이 달려들어도 유유자적하기만 하다.

3

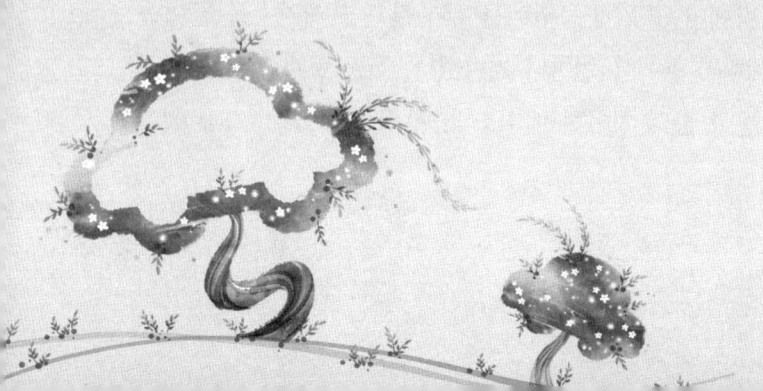

매미의 노래

"매미 씨, 소음기준 초과로 200만 원 과태료 부과입니다."

성하가 부풀대로 부푼 팔월 중순. 신문에 실린 재미있는 글귀다. 그렇잖아도 요즘 줄기차게 울어대는 매미울음이 더위와 함께 사방에 가득 차서 짜증났는데 이 기사를 보는 순간, 기발한 기사의 제목 착상에 픽 웃음이 터진다. '밤낮 너무 한다 했는데 드디어 터졌구먼. 미물이지만 도가 지나친 걸 알기나 할까? 매스컴을 통해 만천하에 선포했으니 좀 자중하려나.'

여름의 문턱에서 곳곳에 곰팡이를 부추기고 불쾌지수를 끌어올리는 장마. 매미가 울기를 얼마나 기다렸나. 천둥 번개 한바탕 후려치고 난 후, 장마 끝의 청아한 매미소리. 무척 반가웠다. 그게 엊그제인데 울어대는 매미 소리에 진저리치는 이 변덕을 어쩌나. 일제히 울어대는 저 함성. 한낮 대지를 찌르듯이 쏘아대는 햇볕보다 더 센 울림. '찌릉 찌르르릉' 제 맘껏 질러대는 소리 보게나. 애당초 기대는 안 했건만, 소음이 기준초과로 벌금을 물린다고 으름장 놓아도 소용 없는 일이네.

서울 번화가인 강남에는 매미가 더 크게 울어댄단다. 소음관리법 기준을 넘는 80데시벨 이상이라나. 그만큼의 소음은 지하철역 승강장에 전동차가 진입할 때의 울림이란다. 한낮 미물에게 과태료 운운하며 민중의 고충을 대변하는 속내, 짐작할 만도 하겠지만. 죽기 아니면 까무러치기로 울 수밖에 없는 수매미의 애환. 삶의 환희와 삶의 실현을 동시에 치를 수밖에 없으니 더 치열한 것이려니. 자동차의 소음보다 한 수 위로 울어야 암컷의 간택을 받는다는 사실. 한여름 강남의 매미 울음소리가 호젓한 시골보다 더 클 수밖에 없는 이유를 알고 나니 허허실실 웃음이 나온다.

제일 큰 소리로 우는 매미가 암컷의 선택을 받아 존속 번성의 기회가 주어지니 고달픈 수컷이여. 그 심정을 이해해야 하리. '인간과 자연이 공존하는 삶'이란 말을 우리는 즐겨 쓰고 있잖은가. 며칠 울어대는 매미에게 너무 심하게 눈총 주지 말자는 아량이 생긴다. "더 크게 더 우렁차게 소리소리 내질러라."

나무의 즙만 빨아먹으며 사는 매미는 뱃속이 비어 있기에 배에 있는 근육과 막을 늘였다 줄였다 하면서 그 작은 몸에서 쩡쩡거리는 소리를 낼 수 있다고 한다. 사는 동안 끝없이 질러대는 그 힘의 원천은 지상에서 사는 단 일고여드레 동안 짝짓기를 해서 알도 낳아야 하는 급박함이 있기 때문인가 싶다. 쉼 없이 그악스레 울어대는 매미가 측은하다.

매미는 사람들에게 피해를 주는 곤충은 아니다. 이슬을 먹으니 맑음이 있고, 농부가 가꾼 곡식을 먹지 않으니 염치가 있고, 집이 없으니 검소하고, 철 따라 오가니 신의가 있다고 한다. 그래서 옛 임금은 정무를 볼 때 쓰던 익선관이 날개 익翼에 매미 선蟬자를 쓴다고 하지 않는가.

그런데 요새 매미는 낮밤을 모르고 울어대서, 오덕 중 하나인 신의를 흐려버렸다고 하는데 이것 또한 사람들이 저지르는 일이거늘. 편리를 위해 밤에도 도심 전체가 온통 대낮같이 밝으니 매미만 타박하지 말아야겠다.

일곱 해 가까이 땅속에서 지낸 뒤 지상에 나온 수매미는 뜨거운 태양보다 더 정열적으로 노래한다. 그 노래는 기다린 세월이 서러워 하소연함인가, 사랑이 어서 오기를 갈망하는 염원일까. 그나마 큰소리 내지르며 세상에 왔노라고 포효하듯 울어대는 수컷에 비하면 암컷은 배에 있는 귀로 울음소리를 알아들을 뿐 '맴' 하고 소리 한 번 내지르지 못한 채 일생을 끝낸다. 수컷의 쟁쟁하지만 절절한 울음 속엔 암컷의 한도 서려 있을 거야.

수매미의 울음은 사랑을 향한 찬란한 절정 후, 소멸을 예견한 장

송곡이려니. 단 며칠 불처럼 활활 타오르는 열정에 혼신을 내던지
는 매미 넌, 이카로스의 운명을 닮았다.

고구려 여인 평강공주

〈온달전〉을 읽었다. 천 년 가까운 세월이 흘렀지만 일목요연하게 전개되는 글의 짜임이 돋보인다. 내용 전개가 빠르기도 하지만 과감하게 본론으로 진입해서 독자들에게 줄거리를 함께 생각하며 이야기를 끌고 가게 한다. 여백의 묘를 갖고 있는 작품이다.

저자인 뇌천 김부식은 고려 중기 의학자이고 정치가이면서 문인이다. ≪삼국사기≫의 저자이기도 하다. ≪삼국사기≫는 고려 중기의 역사의식과 문화 수준을 아는 데 중요한 가치를 지니고 있으며, 우리나라에 현존하고 있는 가장 오래된 역사책이다. 이런 훌륭한 책을 편찬할 만큼 역량 넘치는 작가이니 한낱 재미로 읽힐지도 모를 〈온달전〉이지만 많은 세월이 흘렀어도 문체의 간결함이나 주제를 이끌고 가는 강한 힘이 돋보일 뿐 아니라 장엄하기까지 하다.

흔히 시를 논할 때도 감상하면서 바로 주제가 형상화되는 작품이 오랫동안 사랑받으며 명시로 남아 독자의 사유를 일깨운다. 〈온달전〉도 어릴 적 동화책으로부터 시작하여 고전소설로 독자들에게 꾸준히 사랑받는 이유가 거기에 있다 하겠다.

이 작품에서 받는 감명으로 주저하지 않고 평강공주의 절개를 꼽겠다. 어릴 때 울보여서 '사대부의 아내는 되지 못하겠으니 바보온달에게나 결혼시켜야겠다.'라는 평강 왕의 놀림을 받아서인가 열여섯 살에 이르러 '온달에게 시집가겠다.'라고 하는 평강공주.

이 대목에서 작가의 의중은 무엇이었을까? 귀하디귀한 한 나라의 공주이면서도 찌들게 가난한 집, 눈먼 시모와 바보온달을 신랑으로 설정한 대목이 안타깝기까지 하다. 그 시대상을 염두에 둘 때 과히 파격적이다. 왕실의 금지옥엽인데.

자신이 선택한 길을 걸으면 어떤 고난과 어려움이 닥쳐도 헤쳐나갈 힘이 생긴다. 한 집안을 일으키고 남편을 성공시키는 훌륭한 여성상의 부각과 삶을 과단성 있게 개척하는 주체적인 여성상을 강조한 평강공주가 이를 말해주고 있다. 더불어 어려움을 극복한 뒤에 행복이 깃드는 자명한 이치를 일깨우는 교훈성 또한 짙다.

온달이 유명한 장수가 되기까지 내조의 힘을 발휘한 평강공주를 다시금 그려 본다. 평강공주는 가난하고 빈천한 신분에 인물됨이 모자란 지적장애자 온달을 사랑으로 감싸며 인격을 존중해 준다. 그리하여 남자의 기상을 살리게 한다. 저자는 비장애인의 정성과 가르침에 의해 바보 온달을 용감한 고구려의 장수로 변신하게 하는 모습을 그려냈다.

우리나라도 지금에야 장애인차별금지법이 제정되긴 했지만, 현시대에 와서 뒤돌아보니 장애인 복지와 인권 존중의 표본이라고 생각한다. 계급사회 속에서 서민이면서 바보인 온달을 차별하지 않은 휴머니즘이 담겨 있다. 이제야 제정한 장애인차별금지 제정법을 다시 한 번 떠올리게 하는 대목이다.

〈온달전〉은 문학으로서의 작품성이 높은 것으로 평가되고 있으며, 열전에서보다 민중의식이 한층 두드러진다. 저자는 눈먼 어머니를 모시고 나무껍질 풀뿌리로 연명하는 바보 온달을 왕의 딸인 평강공주와 부부로 맺게 함으로써 계층 간의 간격을 좁히려는 근대의식을 도모하려 했을 것으로 보인다.

부드러운 붓의 힘, 그 위력을 시험한 것이다. 그런 근대적 계급의식의 발아發芽는 장차 준동하게 될 민중의식의 발효에 적지 않게 기여했으리라는 상상을 하게 한다. 지금도 상류층은 비슷한 계층끼리의 결혼이 항다반사인데 현시대를 앞질러 들여다본 작가의 혜안이 감탄스럽다.

역사란 현대적 관점에서 과거를 바라보는 것이라고 하지 않는가. 많은 세월이 흐른 지금에 와서 봐도 여성의 힘과 아내의 역할이 가정과 사회에 미치는 영향이 얼마나 큰지를 널리 알릴 목적으로 〈온달전〉을 쓰지 않았을까.

현대여성들도 평강공주처럼 개척정신과 절개를 지키면서 여성상위 시대를 논해야 한다. 여성의 지위 향상과 남녀평등을 위해 현대여성들은 자기계발과 가정과 사회에 얼마나 이바지하며 헌신하고 있는지 뒤돌아볼 일이다. 주어진 환경에 안주하는 나에게도 암시적 훈계가 만만찮다.

천여 년 전의 대제국 고구려는 그 본바탕에 여성의 힘이 있었기에 번성할 수 있었으리라는 확고한 믿음을 갖게 한다. 평강공주를 내세워 신념과 신의를 굽히지 않고 지키는 굳건한 마음을 표현한 이 작품이야말로 본보기다.

요사이 흔히 접하는 '배우자 구함'란에 '평강공주를 찾습니다.'라는 광고를 본 적이 있다. 결혼을 앞둔 청년들이 현대판 평강공주를 일등 배우자감으로 선택하고 싶음이다. 아무리 시대가 변하고 문화가 바뀌어도 한 집안의 안사람과 아내로서 갖추어야 할 기본덕목은 동일하리. '과거의 행적은 미래의 나침반'이라는 글귀를 떠올려 본다.

〈온달전〉은 온달의 일대기를 다룬 내용이지만, 전체적인 흐름은 여인이 그 지아비를 위해 모든 걸 희생하며 헌신한 게 단연 돋보인다고 할 수 있다. 한 가정과 한 나라의 흥망성쇠는 여성들의 정신과 발걸음마다에 달려 있다고 해도 과언이 아니겠지 싶다. 얼마 전, 내 아들과 결혼해준 눈이 유독 반짝이는 며느리에게 넌지시 건네야겠다.

북해도 여행

치토세 공항. 공기가 상쾌하다. 갓 떠나온 고향 냄새가 여기에서도 났다. 섬 냄새. 눈은 수북이 쌓여 있었지만 맑고 화창한 날씨가 기분 좋은 여행의 시작을 알리는 듯했다.

남편의 환갑을 맞아 나는 들러리로 따라간다고 너스레를 떨었다. 딸애 둘이 등 떠미는 것을 못 이기는 척, 그러나 기다렸다는 듯이 기쁘게 나서면서.

공교롭게도 우리 결혼한 날과 남편의 생일까지 같은 날이어서 그야말로 삼위일체다. 이번 여행은 부부로 만나 30여 년을 산 날들과 함께 추억의 한 페이지에 두둑이 끼워 넣을 수 있을 것이다.

여행지를 일본 북해도로 택한 것도 설경 속에서 남편과 그 유명한 노천 혼탕에서 즐기고 싶은 마음이었다. 일진이 좋으면 드러누워 온천을 하며 하늘의 별을 헤아릴 수 있을지도, 아니면 눈이 자주 내리는 섬이기에 솜사탕처럼 내리는 눈을 온천탕에서 볼 수 있을지도 모르겠다. 여행의 시작은 들뜨게 마련이다.

첫 기착지인 사라오이에 있는 아이누 민속촌. 집의 형태와 출입문 방향이 똑같다. 촌락이 형성되면서 주거형태를 그렇게 해야만 했던 연유가 분명 있을 게다. 집안 천장에는 연어들을 걸어놓고 장작을 피워대니 그 연기를 실컷 들이마신 연어들이 검붉게 익어 가고 있었다. 장작 타는 구수한 냄새와 비릿한 연어냄새가 묘한 하모니를 이룬다.

다음 행선지는 지옥의 계곡이다 그곳으로 가는 차창 너머로 태평양의 끝자락 수평선이 내게로 달려오다 멀어지다 하며 눈앞에 벌어질 형상에 잔뜩 호기심을 불어넣었다. 과연 지옥의 계곡이란 이름에 걸맞게 뭉게구름이 피어오르듯 자욱한 안개 같은 수증기가 온 계곡을 덮는 것도 모자라 하늘 닿은 허공까지 번져 있다. 황회색 바위틈에서 화산 가스가 분출하며 주변 일대가 온통 수증기로 뒤덮였고 계단 틈새로도 풍풍 솟아오르고 있었다. 손을 대 봤더니 따뜻한 온기가 느껴진다. 유황 냄새의 진동으로 지옥을 연상케 하기에 충분했다. 더구나 해는 뉘엿뉘엿 서산으로 기울어가는 시간이라 옛날 유황을 채취하다 목숨을 잃은 이들의 유적비 주위를 넋들이 휘저으며 다니는 것 같은 묘한 분위기마저 들었다.

노보리벳츠, 지옥의 계곡에서 분출한 온천수가 직접 흘러내린 노천 온천의 명소. 지하 2층만큼 밑에 있는 노천탕에선 저녁이 되면 여자들만 온천욕을 한다고 해서 별러 왔던 남편과 같이 노천탕에서의 추억은 만들지 못했다. 하지만 청옥같이 맑은 밤하늘에 티 없이 맑고 고운 열하루 달이 내리비추며 나를 반겼다. 골짜기 위에 펼쳐진 설경과 어우러지며 피어오르는 수증기의 춤사위는 나를 어루만지며 따스하게 휘감아 돌았고. 물속은 40도인데 기온은 영하이니 두 온도 사이를 왔다 갔다 하는 느낌도 짜릿했다.

이번 여행에서 편한 점 하나는 호텔 방에 여장을 풀면 식사하러 가든지, 호텔 내 바에서도 기모노 차림으로 다닐 수 있어서 자유스러웠고 홀가분했다. 어쩌면 기모노를 안 입은 사람이 어색할 정도로 다들 슬리퍼에 기모노 복장이다. 그런데 슬리퍼는 엄지와 검지 발가락 사이에 끼워서 신는 것이라서 남편은 불편하다고 했지만 여행객들에게 가외(加外)로 기모노와 신발을 제공하면서 일본풍에 젖게 하는, 그다지 밉지 않은 계략을 나는 즐겼다.

둘째 날은 노보리벳츠 시대촌(지다이 무라)이었다. 이곳은 일본 가옥과 연극을 중심으로 에도시대(사무라이 시대)를 재현하고 있었다. 대일본 제국 무사들의 번뜩이는 눈빛과 혼이 섬뜩했고 이성이 빨려들어갈 수밖에 없는 나긋나긋한 일본 기생의 애교에 잠시 빠져 들었다.

우리 일행 중에 한 남자를 택해서(졸부 돈 빼 먹기 놀이) 게이샤와 펼쳐 보인 연극은 우리나라의 〈배비장전〉 비슷한 이야기였지만 하얗게 분칠한 섬섬옥수와 기모노 사이로 얼핏얼핏 보이는 새하얀 맨발에서 풍기는 고혹적인 매력 앞에 여자인 나도 달려가 꼭 껴안고 싶었다. 애도시대의 전통가옥을 배경으로 그런 연극을 관광 상품화한 것도 기발하고 부럽다.

　다음 행선지는 그 유명한 도야 호수이다. 가는 도중에 쇼와신산을 들렀는데 1943년에 갑자기 보리밭이 융기하며 300미터 정도의 산이 된 후에 폭발하여 화산 활동을 시작한 이후로 현재 443미터라고 하며 계속 활화산으로 활동하고 있었다. 온통 붉은색의 꼭대기 부분 여기저기에선 지금도 화산 연기가 피어오르고 있었다. 화산이 폭발하고 있을 당시에는 태평양 전쟁 시절이라 지질학자들이 여기에 관심도 두지 않았는데 그 마을에 우체국장이었던 미마시요시오란 사람이 이곳 일대의 땅을 매입하여 관광지로 개발하여서 부유한 마을로 변모시켰다고 한다. 그리고 불붙으며 계속 융기하는 산을 측량하고 기록하였는데 그 정확도가 지금에 와서도 높이 평가받고 있단다. 그 동상 손이 연기 피어오르는 산꼭대기를 가리키며 의연하게 서 있었는데 서광을 받으면서 더욱 빛났다.

　일본은 활성 화산이 60여 군데라고 한다. 2000년에도 촌락 한가운데 보리밭 언저리를 타고 화산이 터지는 바람에 민가 한 마을이 피해를 입어서 쓸려 버린 현장을 봤다. 지금도 참혹했던 현장의 모습이 고스란히 남아 있었다. 그렇지만 그때 생긴 도야 호수는 정말 장관이었다. 스러짐과 생성이라는 거대한 명암을 한눈에 보는 현실 앞에 기분이 묘하고 아득하다.

호수 둘레 길이가 45km이고 깊은 곳의 수심은 89m나 된단다. 유람선으로 한 시간 가까이 유람하면서 보니 저편 하얀 눈에 덮인 웅대한 산이 청청한 물속으로 빨려 들어 흐느적거리는 듯 하늘과 호수가 한 덩어리가 되어 버린 느낌이었다.

그 산이 제2의 후지 산이라는 양재 산이다. 높이는 후지 산의 절반에도 못 미치지만 후지 산과 흡사해서 붙여진 이름이다.

도야 호수 품에 안긴 '선 팔레스' 호텔에 여장을 풀었다. 10층 방에서 저녁놀 깔린 도야 호수를 바라보니 자연이라는 신비의 손이 호수에 물감을 풀어서 그려낸 한 폭의 수채화다. 더 걸작인 것은 '우주에서 제일 큰 온천'이란 대형 현수막이 무색치 않을 만큼 커다란 온천탕과 수영장이 우리를 반겼다.

온천욕을 하고 일본의 또 하나 명물인 삿뽀로 맥주를 마시니 맛이 기차다. 다음날 아침 일찍, 남편과 함께 거니는 도야 호수는 꿈결인 양 아름다웠다. 호수 안에만 4개의 섬이 있는데 그 섬들이 간밤의 어둠을 씻어내려는지, 아니면 머리 풀고 멱감는지 잔잔한 호수에 머리를 들이밀어 물결 잔잔한 위로 유영하듯 내비치는 모습. 또한 둑 따라 소복한 눈 위에 찍힌 산새, 물새 발자국들이 앙증스러웠다. 물오리, 백로들은 허기진 배를 채우려는 듯 부지런히 물속으로 곤두박질치며 먹이 사냥에 여념이 없었고, 골짜기 높은 곳에서 아래로 솟구치며 저들을 봐 달라는 듯 수선떠는 까마귀며 까치들이 도야 호수가 배경이 되니 잡새들이건만 운치 있고 귀엽다.

아침을 도야 호수가 바라다 보이는 창 넓은 식당에서 기모노의 헐렁한 자유를 만끽하며 즐기고 양재산으로 흐르는 약수를 마시러 떠났다. 이 약수는 몇 십 년 동안 양재 산 밑에 스미어 있다가 흘러 나오는 미네랄이 듬뿍 들어있는 물이라고 하는 바람에 살얼음이 엉긴 물 두어 바가지를 연거푸 마시니 정신은 번쩍 들었지만 간담이 서늘하였다. 온몸이 오싹하면서 오금이 조여들기까지 했다. 다행히 뒤탈은 없었지만 아무리 좋다고 해도 욕심 부림은 어리석음이란 걸 새삼 느끼며 오타루 운하로 향했다.

과거 번영을 누렸던 시절의 웅장함은 찾아볼 수 없고 창고만이 그나마 남아 식당이나 쇼핑센터로 운영하고 있었다. 하지만 일본인들은 여기를 관광지로 탈바꿈시켰다. 10만 가지 이상의 유리 공예품들을 만들면서 관광객을 끌어들이는 상혼과 저력은 대단하다고 아니할 수 없다.

북해도는 게 요리와 연어 요리가 유명하다. 저녁 식사는 게 요리가 무진장 나온다는 가이드의 말에 게 다리와의 한판 승부라도 걸양으로 소매 걷어 올리고 달려들었지만 몇 개 못 먹고 기권했다. 하나, 화이트와인은 계속 나를 유혹하는 바람에 오버했다. 남편의 도움으로 계단을 겨우 내려왔지만 여행지에서의 몽롱함이 좋았다.

그 여세를 몰아 여행 중 사귄 목포가 고향인 교장 선생님 내외분과 삿뽀로 밤거리도 구경할 겸 술집을 찾아 갔는데 중국인이라서 손짓발짓하며 시킨 게 고작 꼬치 오뎅과 칵테일이었다. 술맛이 맹물 맛이어서 서로 어이없어 하며 웃었지만 여행의 재미는 이곳에도 있었다.

실수로 일본학생의 발을 내가 밟았는데도 먼저 "스미마센"이라고 정중히 고개 숙이던 단아한 학생. 찾아온 관광객들에게 친절하고 예의 바른 모습이었다고 우리에게 각인시켜버린 국민성. 분명 격이 달랐다.

그런 것들이야말로 매력적이고 훌륭한 관광 상품이라는 걸 새삼 실감한 시간들이다.

문씨 할머니

모처럼 나선 산행이다. 청미래 넝쿨에 들앉은 녹음이 후드득 떨어질 것 같은 숲 속 칠월. 야생화를 곁들인 산속 진수성찬에 내 눈이 황홀하다. 마시는 공기도 청량하다. 온갖 초목에서 우려낸 싱그러움을 가슴속 깊이 들이마신다. 나무들이 뿜어내는 날숨이 내 들숨되어 몸 안으로 흘러든다. 자연은 베풀기만 하고 나는 맘껏 받아마시기만 한다. 아직도 사회봉사활동이 예행연습에 머물고 있는 나에게 자연은 들숨 날숨으로 더불어 살라 한다. 받는 만큼이라도 베푸는 삶을 살고 있는지 뒤돌아보게 한다.

아이들과 남편의 뒷바라지밖에 몰랐던 삼십대 후반, 주위의 권유로 이끌리듯 통 부녀회장으로 사회봉사활동을 시작했다. 처음에는 뜻을 같이한 회원들끼리의 만남이 즐거워서 무작정 따라다녔지만 얼마간의 시간이 지난 후에야 내 손과 인정을 간절히 바라는 이웃이 보이기 시작했다. 이때를 같이하여 시어머님이 뇌경색으로 식구도 알아보지 못하는 환자였기에 이웃 독거노인들의 어려움이 내 일처럼 와 닿았지 않았나 싶다. 집안일도 만만치 않았다. 어머니의 손과 발이 되어 하루를 열고 닫는 나날들. 집안일에만 매달려 하루하루를 보냈다면 정신병을 앓았을지도 모른다는 생각이 지금에야 스침은 웬일일까. 지나고 나니 그 시절 험난했던 일상들이 가파른 산을 오르는 것처럼 숨차온다.

소소한 일상과 어머니 뒷바라지에 매달리다 짬 내어 봉사활동 나서면, 만나는 독거노인들. 대소변 가리고 식사라도 손수 챙겨서 드시는 게 그렇게 고마울 수가 없었다. 내가 돌보고 밑반찬 챙겨드리는 어르신 중에 수족은 못 쓰면서도 정신만은 놓지 않고 지내시는 할머니가 계셨다. 집에서 그리 멀지 않은 곳에 살고 계셨던 문씨 할머니. 그분은 앉아서만 생활했다. 일주일에 한 번씩 찾아가 밑반찬 만들어 드릴 때마다 "할머니 지금 이대로만 대소변 잘 가리시고 정신 절대 놓지 마세요."라고 간절한 심정으로 말씀드리곤 했다. 언젠가 추석 지내고 나서 고사리와 송편을 가지고 할머니 댁에 갔다. 추석에 혼자 쓸쓸히 계실 할머니 생각에 3층 계단을 오르는 내 발이 저절로 다급했다.

현관문을 연 순간, 진동하는 지린 냄새야 그러려니 했지만 박처럼 부어 오른 할머니 얼굴. 조그마한 몸에 언제나 단정하셨던 분인데, 헝클어진 모습이 말이 아니다. 얼굴 한쪽 볼만 탱탱 부어 비뚤어져 못난 박 모습이라니. 눈에는 눈곱이 덕지덕지 낀 할머니 모습을 어떻게 표현할까.

원인은 한 개 남은 송곳니의 염증 때문이었다. 덜렁거리며 잇몸에 얹혀 있는 마지막 한 개의 이. 잇몸 밖으로 불쑥 솟아 나와서 제 수명이 다했음을 알렸건만 무슨 미련이 남아서 그 고통을 참으며 가만히 놔두셨던 걸까.

한 많은 세상살이에 아들, 며느리, 그리고 제 발로 나가버린 손자와 손녀 등, 떠나보내기는 잘해서 할머니 혼자 고독하게 지내고 계시건만.

들쳐 업고 치과에 가는 것도 난감한 일. 소금물 끓이고 장갑 대신 비닐봉지 속에 손을 집어놓고 만반의 준비를 했다. 한 손으로 할머니 머리를 휘감아 안고 이빨 잡은 엄지와 검지에 힘을 주려는 찰나에 쑥 뽑힌 이. 그래, 얼떨결에 힘을 줬으니 뽑힌 거겠지.

그렇게 할머니의 일생과 같이 제 임무에 충실했던 하나 남은 송곳니는 이제 막 할머니와 이별했다. 그 뒤처리는 농이 가득한 잇몸을 눌러 짜고 끓인 소금물로 씻어 내며 소독하고.

앓던 이 뽑고 난 후의 후련함이라더니. 우린 마주 보며 히히헤헤 웃었다. 할머니 눈가에 맺힌 눈물도 따라 웃고. 이빨 빼기 전에는 나이에 맞는 팔십대 노인이었는데 이빨을 빼고 난 뒤, 이가 하나도 없으니 오륙 개월도 안 된 아기처럼 해맑게 웃던 모습, 눈에 선하다.

늘 나를 학수고대 기다리시던 문 할머니. 대소변을 가릴 수 없게 되면서 끝내 요양원으로 갈 수밖에 없었다. 요양원 가기 전날, 할머니가 나만 찾는다는 동 직원의 연락을 받고 할머니 댁에 갔다. 할머니 가슴팍 닮은 보따리 두 개가 현관문 가에서 나를 맞았다.

할머니가 베개를 가리키며 지퍼를 열어 보란다. 꼬깃꼬깃한 돈 육만 몇천 원이 머리냄새를 뒤집어쓰고 나온다. 요 밑을 가리킨다. 십여 만 원의 지폐와 동전들. 현관문가에 있는 보따리를 가리키며 풀어 보라고 한다.

북청색 양단치마와 옥색저고리, 물항라 남색치마와 다홍저고리가 다소곳이 접혀있다. 시집올 때 친정어머니가 해주신 옷이라고 자랑하던 기억이 났다. 그 보따리 속 접힌 수건 안에 지폐가 소복하다. 그리고 통장 한 개.

통장을 펴 봤다. 거래 내역이 이 년 전 날짜에 머물러 있다. 은행에 알아봤더니 재발급됐단다. 할머니 수중에 통장은 분실 처리된 통장이다.

외동아들을 사십에 앞세워 보내고 어린 손자손녀를 키웠다지 않는가. 손자는 연애도 하는 것 같았으며 손녀도 미니치마 입고 촐랑거려도 다 크는 근본이라 그러려니 했단다. 하루는 할머니 주민등록증과 도장을 달라고 해서 줬는데 그 뒤 오다가다 하더니 지금은 아예 오지 않는다고 했다. 생계비가 입금되는 할머니 이름의 통장이지만 찾는 이와 관리는 손자손녀였으리라. 돈이 들어올 리 만무인 것도 모르는 통장을 소중히 간직한 문 할머니. 매달 입금되는 생계비가 쌓이면 손자 전셋집 마련해줄 생각이었을지도.

베갯속, 요 밑, 보따리 속과 허리에 감고 살았던 헝겊으로 만든 지갑의 것을 모두 합친 금액이 자그마치 오십칠만 팔천 몇백 원. 돈에서 슬픈 냄새가 났다. 그 돈을 세면서 나도 슬펐다. 가슴도 아렸다. 요양원 가시면서 나에게 맡기겠단다. 동 직원을 불렀다. 손자손녀를 수소문해야 되지 않겠냐고 했다. 그 돈을 허리춤 헝겊 지갑에 여며 드리면서 걱정했다. 내일 아침 사이에 검은 손이 제발 오지 말았으면 하고.

뒷날, 마지막으로 요양원 가는 할머니를 배웅하러 갔다. 택시에 할머니를 안고 와서 태우는 청년과 눈이 마주쳤다. 손자라고 했다.

'청년! 할머니 돈, 생을 잇는 끄나풀일 것 같아서 하는 말인데 할머니가 갖고 가게 하면 안 될까.' 내 입안에서만 머물고 있는 이 말, 끝내 뱉어내지 못했다. 분명코 손자 손에 쥐어 줄 거라는 예감 때문에.

손 내저어 인사할 기력이 없음인가, 아니면 오랜만에 와준 손자와 함께한 아침이 햇살보다 눈부신지 눈을 꼭 감고 있는 할머니. 택시는 떠나고 할머니 드리려고 갖고 온 가방 속 사탕이 그제야 부스럭거리며 제 존재를 알렸다.

그 후 십여 년의 세월이 흘렀다. 씁쓸한 추억은 세월의 두께 덮여도 쓴맛이 더해지는지 입 안이 쓰다.

산을 내려와 오솔길로 접어드니 길섶 모퉁이에 하얀 꽃 만발하다. 가냘프나 모질게도 질긴 으아리다. 그 꽃이 문 할머니를 닮았다. 엉겅퀴 쪽으로 뻗은 꽃이 날카로운 가시에 찔린다. 풀숲으로 연약한 가지를 돌려놓아 보지만 도로 몸을 돌린다. 의지할 곳 없어 쓸쓸한 것보다 쓰리지만 기대어 의지하는 게 더 좋은가 보다.

찔리면서도 등 기댄다.

인연

　우리의 인연은 당연한 것처럼 순식간에 찾아왔다.

　찌찌삐삐 찌리릭 찌리릭. 십자매 한 쌍이 부르는 이중창이 낭랑하다. 앙증맞고 귀엽다. 조금 전까지만 해도 집안엔 나 혼자 적적했었는데 아름다운 새소리가 거실 가득 감돌아든다.

　이른 아침, 남편이 불교대학에서 마련한 삼보 성지순례여행을 떠나며 한 말.

　"춥다고 방안에만 있지 말고 친구도 만나고 맛있는 것도 먹으러 다니면서 즐겁게 지내고 있으라." 한다.

　"이 엄동설한에 무슨 성지순례를 계획해서 집에 있을 사람 불안케 하느냐."라고 며칠 전부터 하던 잔소리를 또 한 방 날려본다.

육지지방은 영하 30도를 넘나든다니 걱정을 넘어 배낭 들고 나가는 뒷모습이 한심스럽기조차 하다. 오는 말이 고우면 가는 말은 받아주기라도 해야 할 텐데, 걱정이 도를 넘으니 그러지 못하는 나의 배알 틀림을 어쩌지 못하겠다. 절에 가면 부처님 전에 삼배는 잊지 말라고 하며 천 원 지폐를 주섬주섬 챙겨 지갑에 넣는 건 잊지 않았다.

공항까지 바래고 와서 모아 놓은 재활용품을 들고 쓰레기 집하장으로 갔다. 밤새 흩날린 눈발이 제법 도로에 쌓여 있어서 무심결에 신고 나온 슬리퍼 사이로 발바닥에 닿는 눈이 온몸을 시리게 만든다. 잰걸음으로 재활용 집하장에 갔다.

순간 새까만 물체가 후다닥 내 곁을 스쳐간다. 까만 고양이다. 철망으로 된 새장을 마구 뒹굴리다가 나를 노려보면서 잽싸게 숨는다. 고양이의 출현에 멈칫하면서 모질게 할퀴며 굴리던 철망 속을 본 나는 그만 기겁하고 말았다.

처절한 생과 사의 갈림길에서 갓 헤어난 어린 생명이 철망 귀퉁이에 매달려서 바들바들 떨고 있었다. 십자매 한 쌍이 온몸에 털은 헝클어져서 산발되어 있다. 그 사이마다에 먼지인지 눈인지가 박혀 있는 채로.

너절한 쓰레기 집하장이지만 간밤 내린 눈으로 주위는 하얀데 철망 주위는 어지럽게 찍힌 고양이 발자국과 철망으로 쓸린 자국, 그리고 가느다란 깃털이 난무하다. 허리 굽혀 쳐다보니 나직이 찌!

찌! 찌! 하며 나를 본다. 말간 눈동자에선 공포 덩어리가 뚝뚝 떨어지고 있었다.

얼른 새장을 집어 들었다. "따뜻한 곳으로 옮겨야 해."라는 생각만 하면서. 집에 와서 욕실 문을 닫고 새장을 열었다. 지옥 같았을 새장 속을 떠나 밖의 자유를 찾았건만 십자매 한 쌍은 구석진 타일 바닥에서 잔뜩 겁먹은 모습으로 옴츠린 채 꼼짝 않는다. 혹시 물에라도 날아들까 하여 물을 쏟아내 버리며 가만가만 몸을 움직였다. 모이와 물을 담는 그릇과 받침대를 씻는 사이 온수가 수도꼭지를 타고 나오면서 더운 김이 욕실을 덮혀주니 그제야 그들 한 쌍은 수건 위에 오도카니 앉는다. 나도 한숨 돌렸음에 앉아 있는 모습을 유심히 봤다.

온몸이 하얀색 한 마리와 등은 갈색인데 배 쪽만 하얀 털인 십자매, 귀엽다. 이제까지 돌보아 주고 먹이를 챙겨주었을 주인이 아니라서인가 내가 눈길만 주어도 파드득거리며 욕실 안을 휘돌아 댄다.

나를 몰라보면 어떤가. 이렇게 살아서 눈 또랑또랑하게 굴리고 날갯짓하는 게 고맙고 대견한 걸. 둥지는 너무 더러워 통째로 버리고 탈지면을 안에 넣고 둥글게 천을 감싸서 내 딴에는 그럴듯한 목화 솜 깔린 둥지를 만들어서 달아 놓았다.

친정어머니가 나의 혼수로 만들어 주신 안방의 목화솜 이불의 포근한 감촉처럼 요놈들도 새로운 보금자리에서 아늑한 겨울잠을 잘 수 있었으면 좋겠다는 생각을 해본다.

거실 한 구석에 마련해준 둥지 위로 오후의 햇살이 방그레한 미소로 너울거린다. 새들도 그사이 안정이 됐는지 해님 한번 쳐다보고 나 한번 쳐다보며 바시랑댄다. 이곳 분위기에 익숙했나 보다. 새집 철망을 붙잡은 가녀린 발 아귀가 제법 힘이 넘친다. 열심히 돌봐 줄게.

오늘은 기분이 짱이다.

여행 떠난 남편의 목소리가 전화기를 타고 흐른다.

"지금 해인사야. 당신 날씨 때문에 걱정했지. 여긴 눈도 없고 날씨도 화창해. 오늘 뭐하면서 지냈어?"

"다행이네요. 저녁식사 맛있게 드세요." 내 낭랑한 목소리에 내가 놀랄 지경이다. 아침하고는 너무 다른 내 기분을 알 리 없는 남편은 "오늘 좋은 일 있었어? 기분이 좋아 보이네." 한다. 전화 받으며 십자매를 보니 암컷이 수컷의 깃털을 부리로 내리쓸어주고 있다.

식물 말고는 금붕어조차도 키우는 걸 싫어하는 남편이 여행에서 돌아오면 지청구할 게 뻔하다. 더구나 남이 버린 걸 주워 왔으니. 하지만 우리를 쳐다보는 십자매 눈을 보면서 노래하는 소리를 들으면 나에게 면박은 주지 않을 테지. 더구나 불교성지순례를 다녀온 후이니. 전주인은 인연이 끝나고 우리와 인因과 연緣을 맺으려고 어린 생명이 그 고통을 당했을 거라고.

인연법이라도 들먹여 봐야겠다.

천천히 그러나 항상 앞으로

올레길을 걷는다. 성산포가 아스라이 보이는 1코스는 첫걸음부터 정겹다. 우툴두툴 돌담길, 그 벽에 파란색으로 표시한 올레길 안내 화살표도 어설프지만 정답게 다가온다.

야틈해서 선뜻 내게 말이라도 걸어올 것 같은 말미오름 입구에서 얼결에 돌에 걷어챘다. 돌덩이가 뒤집히다 말았는데 쌀 낱알 같은 개미알들이 한 무더기 쌓여 있다. 발부리가 아파서 주저앉아, 돌 밑을 보니 개미들이 새카맣게 달라붙었다. 본의 아니게 개미 마을의 침입자가 돼버렸다.

개미집을 보니 얼마 전, 미국에 있는 둘째와 영상통화를 했던 일이 떠오른다.

"엄마, 우리 집에 개미 많다. 보여 줄까."

매월 수월찮게 월세를 낸다는 말은 들었지만, 정원이 있는 집에 산다고는 안 했으니 집 주위의 나무나 돌담 밑일 거라 짐작했다.

"개미, 어디 있는데?"

설설 기어 다니는 개미들이 보였다. 벽인 것 같다. 집안 벽을 타고 기어 다니는 개미떼에 렌즈를 갖다 댔나 보다.

"벽지 바른 방 같은데."

"내 방이야."

긴 개미 행렬이다. 영상으로 보며 진저리치는 나에게

"엄마, 걱정하지 마세요. 여기 개미는 신기하게도 내가 먹는 음식 근처엔 얼씬도 하지 않네. 나는 한국 음식을 즐기는데 쟤들은 미국 태생이라고 한국 된장 냄새는 싫은가 봐."

까르르 웃으며, 개미떼들의 행렬 가까이 또 멀리 렌즈를 맞춰댄다. 웃고 넘기기엔 기가 차서

"얘, 그 개미떼를 없애야지. 어떻게 가만히 쳐다보고만 있을 수 있니?"

"엄마, 얘들 내 친구야. 혼자 있어 힘든 날엔 개미들이 같이 있다는 게 위안이 되기도 해요."

벽을 타고 설설거리는 개미 떼거리들을 '친구들'이라고 위안 운운하는 딸. 요사이 베르나르 베르베르의 ≪개미≫를 읽고 있어 그들 세계와 많이 친해져 있지만 이건 아니다.

"아가씨야, 너무 지나치다."

뜬금없이 말하다가 말문이 막혔다. 영상 통화 중이라 되도록 밝은 모습으로 통화를 이어가야 하기에 눈을 껌벅이며 헛기침을 해보지만 목소리는 벌써 껄끄러워 버렸다. 코끝이 찡하니 아려 오지만 짐짓 어이없는 표정을 지으며

"얘야, 그래도 너무 심하지 않니? 개미가 수백 마리일지도 모르는데."

그 다음 말이 더 걸작이다.

"엄마, 아마 수천 마리는 될 걸."

타국살이의 고독을 잘게 부숴 개미들 어깨에 나눠 주며 외로움을 추스르고 달래려는 딸의 심사를 엄마인 내가 왜 모를까. 그 마음 헤아리는 가슴이 돌덩이 들어앉은 것처럼 묵직하면서 아렸다.

둘째에게 베르나르의 말을 빌려 용기를 줘야겠다. '좁은 시야를 박차고 한계의 벽을 뚫는 새로운 도전이 아름답네. 천천히 그러나 항상 앞으로 나아가렴. 자아실현을 위해서.'

호젓한 중산간 길을 지나 민가들이 총총히 모여 있는 작은 마을로 들어섰다. 소금밭이라 불리는 종달리가 곰삭은 갯냄새를 풍기며 다가선다. 짭조름한 소금꽃도 숭숭한 돌담구멍에 숨어 있다가 배시시 얼굴 내밀 것 같다. 내 그리움같이.

1코스 마지막 지점인 광치기 너른 해안가로 나왔다. 해는 서산마

루 문지방에 앉아 마지막 노을을 짜낸다. 해안의 잔물결은 수줍은 새색시 볼처럼 발갛게 물들었다. 커플 티가 잘 어울리는 연인들이 두 손을 맞잡고 해변을 거닐고 있다. 아가씨가 깔깔거리며 청년에게 업힌다. 키가 아담해서 업힌 뒤태가 예쁘다. 내 딸도 저런 사랑하며 내 가까이에 머물러 있었으면……

서서히 그러나 삽시에, 동녘부터 어스레 물들어버린다. 파도가 울먹인다. 쓸쓸함이 너울진다. 둘째의 동그란 눈을 떠올리니 내 눈이 시려온다. 내 딸은 아무리 외로워도 저 저무는 바다 빛을 닮지 않을 거라 믿어야지.

광치기 해변에 어스름이 깔린다. 녹색 비로드 같던 해초가 밀물에 몸을 들이밀며 머리채를 풀어헤치고 있다. 멱감을 시간인가. 내일의 길손들을 위해 두 번째 단장에 들어가려나 보다.

제주 올레 걷기의 참맛인 '놀멍 쉬멍 걸으멍' 하루가 저물었다. 홀로 나선 길이라 행보가 가볍고 자유로워서 좋다. 사색이 하루의 길손을 자청하더니 천천히 그러나 항상 앞으로 같이 가자 한다.

올레길, 개미를 만난 인연으로 둘째를 품어 안고 다독여 본 건 오늘의 덤이다.

고등어가 잉걸불을 만났을 때

새벽시장을 보러 나섰다. 꽃샘추위가 매섭다. 코끝에 스치는 바람이 송곳처럼 날카롭다. 두툼한 방한복으로 무장했지만 손끝을 통해서 찬 기운이 전기에 감전된 것처럼 살 속으로 파고든다. 구름이 잔뜩 낀 동녘 하늘은 여명의 기미가 없다.

싱싱한 생선들을 경매로 거래하는 서부두 수협공판장 건물로 들어가는 길목, 새벽이면 어김없이 노상에 좌판 어시장이 벼룩시장처럼 열리는 곳이다. 갓 잡아서 물 좋은 생선을 싼값에 사려고 나는 때때로 여길 찾는다.

새벽부터 바다의 정기를 온몸으로 받으며 하루의 삶을 활기차게 여는 사람들. 이곳에서 나는 생동하는 삶들을 보너스로 만난다. 꽃샘추위로 어시장 상인들은 두툼한 옷을 둘러 입고 또 감싸 쓰기까지 해서 두루뭉술한 모습이지만, 칼 같은 북풍에 맞서면서 강인한 삶을 만든다. 일상이 고되고 힘들 때 시장에 가라는 말이 있듯이 '삶이 지치고 힘들 때 새벽 어시장에 가 보라.'고 하고 싶다.

좌판에 벌여놓은 생선들 모습들이 각양각색이다. 바닷속 태평양을 누비던 생선들이 제각각의 모습으로 주인을 기다리고 있다. 갈치들은 나무상자가 너무 비좁은지 아니면 갈치의 이름으로 죽어서도 자존심 상하게 꺾이지는 않겠다는 오기인지, 날카로운 주둥이와 꼬리를 상자 밖으로 내놓아 은빛을 뿜어내고 있다. 고등어랑 전갱이 같은 생선들은 마지막 생명의 끝에 내질렀을 춤사위 그대로 경직되어 있는 모습이 한층 싱싱해 보인다. 아직도 생명의 끈을 놓지 못한 장어와 낙지 등은 북풍이 내달려와 한바탕 소용돌이 쳐대는 고무 대야에서 가로등 불빛을 물 대신 뻐금뻐금 마셔대고 있다.

오늘 새벽 어시장은 장보러 나온 사람들의 북새통 속에 다른 계절에는 볼 수 없는 풍광과 냄새를 뿜어내고 있었다. 칼바람 추위를 견디려고 피워 놓은 장작이 타는 기세가 가히 드럼통 속 전쟁터를 방불케 한다. 생선의 비릿한 냄새가 아닌 측백나무 장작에서 뿜어져 나오는 피톤치드의 신선한 향기는 불에 달궈져도 구수함과 더불어 어릴 적 고향냄새까지 덤으로 채워준다. 추위로 얼얼한 나의 코가 행복한지 벌름거린다. 피톤치드의 고상한 향, 장작더미는 사그라져 가지만 향기는 잃지 않고 매혹적인 냄새를 뿜어낸다. 장작더미에서 뿜어져 나오는 불꽃은 빛을 잃어가는 가로등 빛에 여봐란 듯 현란하다. 장작 타는 냄새는 포근한 어머니 품속이다. 고등어 파는 초로의 여인도 장작불 앞에서는 발그레하니 어여쁘다.

어시장 하면 누구에게나 마음 안에서는 스멀거릴 만큼 역한 냄새를 떠올리게 마련이다. 하지만 오늘은 여기저기 피워 놓은 장작불 때문에 비린내는 고사하고 상쾌하기만 하다. 마음 또한 훈훈하다.

고등어를 몇 마리 샀다. 비록 경직되어 멈춰버린 춤사위지만 춤솜씨가 날렵하면서도 통통한 놈으로 골라서 묵직하게 들고 사방을 관망할 여유를 가져본다. 타는 장작에서 퍼져 나오는 구수하고 향긋한 냄새를 맡으며 드럼통 속 이글거리는 잉걸불을 보노라니 어릴 적 고향이 주마등처럼 스친다.

가을걷이가 끝나고 한겨울이 오기 전인 늦가을쯤이면 아버지는 깊은 산으로 땔감을 구하러 가곤 하셨다. 요즘은 가스 한 통이면 산더미로 쌓아놓았던 옛날의 땔감을 대신하지만 아홉 식구의 끼니를 만드는 땔감 장만은 소소한 일이 아니었다. 어느 날인가 나도 함께 따라나섰다. 덜컹거리는 작지* 돌길이지만 우리 집 일꾼 1호인 덩치 큰 말이 이끄는 마차를 타는 것은 무척이나 신나는 일이다. 수컷 말이었는데 윤기 흐르는 엉덩이를 자신의 꼬리로 쓰다듬듯 하기도 하고, 연신 착착 경쾌하게 후려치는 모습이 재미있었다. 마차를 타고 나들이 가는 기분으로 갈 때는 콧노래도 부르며 즐거워했지만 땔감을 구하는 일은 쉽지 않았다. 가시 덩굴 속을 헤치며 아버지가 잘라놓은 장작을 나르고 삭정이를 부러뜨리면서 모으는 일은 고역이었다. 더구나 그 시절엔 장갑도 없었으니 손등은 긁히고 할퀴어서 말이 아니다. 그렇지 않아도 손등이 피부 결 따라 쩍쩍 갈라지고 피도 찔끔거리는데 건조한 손은 움직일 때마다 따끔거리고 아렸다. 갈라진 피부 틈 사이로 가시나 나뭇가지가 할퀴고 스치면 눈물이 나도 모르게 볼을 타고 흘렀다.

다행히도 그렇게 힘들고 아픈 시간들 속에서도 즐겁고 신나는 일도 있었다. 땔감을 하다가 덤불 속에서 산새들도 몰라서 지나쳐 버린 산머루덩굴의 흑진주 같은 열매나 쩍쩍 벌어져서 올챙이 알 같은 열매를 보듬어 안은 으름열매를 발견하면 그야말로 횡재한 기분이 된다. 덜컹거리는 마차를 타고 한 시간 넘게 가다 보면 땔감 모으는 작업을 하기도 전에 배가 고파 오는데 달콤하고 향기로운 먹을거리가 산중에 오롯이 숨어 있다가 나를 반기니 내 입이 벌어질 수밖에. 덩글덩글 달려 있는 열매를 발견하는 순간을 어찌 다 말로 표현할 수 있으랴. 그때를 상상하니 즐겁다. 어렵게 장만한 장작이 타고나면 잉걸불에 갓 구워낸 고등어 맛도.

한 차례 좌판시장을 둘러보는 사이에도 잉걸불은 장작더미 속에서 이글거리고 있다. 싱싱한 고등어와 이글거리는 잉걸불. 상상만으로도 절로 입안에 군침이 돈다.

고등어구이를 유난히 좋아하는 남편이기에 함박웃음 곁들여진 저녁시간이 은근히 기다려진다.

* 작지: '자갈'의 제주 방언.

4

비우며 채우며

요새 우리 집은 벌집 쑤셔 놓은 것처럼 난장이다. 그야말로 굿하는 집 풍경이다. 이런 북새통 속에 요 근래 근 이십여 일간을 새벽이면 말똥해버리는 나. 뒤척이다가 못 이겨서 썰렁한 집안을 싸돌아다니며 정리하고 닦기를 거듭하고 있다. 며칠 후면 떠나야 하는 이 집에 왜 이렇게 집착하는 걸까. 근 이십 년간 우리 식구들 삶의 뿌리를 단단히 잡아주고 보살펴주었던 보금자리. 아직은 떠나지 않고 머물러 있건만 애틋한 그리움에 서럽다고 말하면 누가 믿을까. '그대가 곁에 있어도 나는 그대가 그립다.' 어느 시인이 그랬지. 간절함에 어쩌지 못하는 나를 본다.

심신의 피로가 원인이라는 어지럼증. 귓속 달팽이관 이상으로 누운 자세에서 손가락 하나 까딱할 수 없었던 고난을 여러 날 동안 겪었다. 그 뒤론 '집안일 대충하기'라고 다짐하고 있지만 바닥이며 벽을 뜨거운 물에 걸레를 빨아가며 윤이 나도록 닦아대는 나. 어이 없어하는 남편에게 '우리가 살았던 구질구질한 흔적을 남에게 보이기 싫어서'라고 에둘러대면서도 '깨끗이 닦아서 이 집에 보답하고 싶어서'라는 내 속내를 어이 알까. 오늘도 찬장을 옮겨놓고 주방 바닥을 윤이 나도록 걸레질하는 것도 모자라 장롱 밑에 묵은 먼지를 훔치느라 새벽부터 난리를 피워댔다. 삶의 흔적을 비워낸 만큼 개운함이 가득 채워졌다.

　이삿짐을 정리하면서 알았다. 나 자신도 몰랐던 우리 식구들이 살아왔던 삶의 흔적들. 그네들이 내게 힘을 줬고, 지금도 주고 있다는 사실을. 장롱 속이나 책장 사이, 혹은 서랍장 깊은 곳에 잠자고 있다가 들춰내고 매만지는 손길 따라 활개 치며 나돌아 다니는 행복했던 시간들. 내게 힘을 주고 있는 것들의 정체가 바로 그것들이었다.

　먹을 잔뜩 바르고 눌러 찍은 갓 태어난 아들의 조막만 한 손바닥과 발바닥. 막둥이로 아들을 낳고서 기뻐한 시간이 머물러 있는 곳에서 함박웃음이 머물고. 큰딸이 초등학교 때 일기장에서부터 한 다발의 상장과 성적표. 뭐든지 모으기가 취미인 둘째딸이 소중하게 싸놓은 조약돌과 조가비들. 친구들과 수업 시간에 몰래 돌렸을 쪽지 조각들이 깔깔거리는 소리도 들린다. 어찌 보면 허섭스레기같이

보이는 물건들을 보물처럼 보자기에 다시 소중히 간수하며 소망한
다. 지금은 멀리 국외까지 뿔뿔이 흩어진 내 아이들이지만 언젠가
는 돌아와 이 씨알들을 펼쳐놓고 어린 시절을 그리며 풍성한 글밭
을 일구었으면. 숨어 있어 잊었던 추억들이 알알이 가슴 가득 채워
진다.

　"준비 다 하셨지요?"
　방 안에서 딴전부리는 남편에게 아침부터 목소리 톤이 높이 올라
간다.
　"안 하면 안 될까?"
　"올겨울엔 하기로 약속했잖아요. 빨리 차리고 나오세요."
　아침밥상을 물리자마자 느닷없이 남편에게 어서 나서자며 재촉
하는 곳은 다름 아닌 동네 피부과 병원이다. 이삿짐을 챙기다 말고
병원 가자고 성화를 대는 내 극성을 나도 어쩌지 못하겠다.
　남편의 검버섯 비슷한 사마귀가 얼굴의 반을 덮어가는 게 자꾸만
내 눈에 잡히며 거슬렸다. 퇴직하고서 온종일 같이 지내는 날이 많
아지면서 내 잔소리가 늘어가는 만큼 검은 점도 짙어진 걸까.
　십수 년을 지니고 다녔던 점을 레이저 수술로 태우는 데는 몇
십 분이 걸리지 않았다. 수십 개의 점을 일일이 세어서 한 점 당
오천 원이라고 값을 매기는 것이 얄궂으면서도 재미있다. 그 숫자
만큼 반창고를 붙이고 나타난 남편을 쳐다보니 풋! 웃음이 절로 터

진다.

다시는 오지 않겠다고 남편이 식식거린다. 벌겋게 달아오른 얼굴에 아직도 살 탄 냄새가 진동한다. 그 냄새가 고소하기까지 하다. 악처란 따로 있는 게 아닌가 보다. 지저분했던 남편 얼굴의 점이 없어져서 후련한데 남편의 허연 머리털들이 정수리 근처에서 나풀거리는 게 애잔하다.

며칠이 지나면서 남편 얼굴에 상처가 아물어간다. 많이 말쑥해진 남편의 얼굴을 보니 우기고 닦달하며 피부과로 가자고 졸라댄 내 자신이 가상하기도 하면서 뭔가 보답을 한 것 같다.

연륜의 때인 검은 점을 없앴다고 청춘이 다시 돌아오진 않겠지만 조금은 달라 보일 인상에 어깨 으쓱거릴 힘이 채워졌으면 좋겠다. 비록 지금은 퇴직하여 더러는 무료한 시간을 보내고 있지만 하루도 빠짐없이 직장에 충실했던 지난 세월이 고마운 것을.

이삿짐도 거의 다 꾸려 놨다. 집안 구석 어디를 둘러봐도 이십여 년 간 살며 끼었던 묵은 때는 다 닦아낸 것 같아 마음이 홀가분하다. 우리 식구의 안녕과 평화를 준 이 집을 나는 영원히 잊지 못할 것이다. 마음이 닿았던 자리마다 온기로 남아 다음 삶을 꾸려갈 이들에게 안온한 평온이 깃들었으면 한다.

어림짐작으로 비우고 떠날 준비를 마친 기분이다. 그러나 놔두고 가기엔 아쉬운 것이 있다. 이 집에 와서 키운 목련나무다. 가을에 훌훌 다 비워놓더니 이 설한에 앙상한 가지 끝마다 도드라진 봉오리로 가득 채웠다. 꽃 피울 준비에 온 정신 다 쏟느라 저 키워준 주인 떠남도 모르는 것 같다. 아무려면 어떤가. 이른봄 어김없이 자색 꽃 창연히 피워주면 고마운 걸. 화려한 채움으로 새로운 주인에게 함박웃음 줘다오.

한 새벽에 정들었던 나의 집을 나서며 이웃 인심은 아침잠 중이라 매몰찬 헤어짐이 수월한데, 삐이걱 우는 현관문.

"작별은 또 다른 만남을 주선하는 자리야."

나직이 말하며 발길 돌린다. 허전하게 비운 마음자리에 바람의 신이 피워줄 바람꽃 한 무더기 얼른 채워 넣어야지.

남편의 얼굴에도 몇 년 지나면 검버섯 다시 돋아나 말쑥하게 비웠던 자리에 늙음이란 이름으로 채워지는 쓸쓸함을 맛볼 거야. 살다 보면 영원한 떠남도 겪겠지.

하지만 어쩌겠나. 비우며 채우며, 그게 다 인생인 걸.

완주증, 인생랠리에 건네다

간밤 잠을 설쳤다. 2012 고흥 거금 · 소록도 섬 랠리 MTB경주에 참가하러 간다. 자전거로 떠나는 2박3일 여행. 간단히 챙겨 든 배낭엔 설렘과 두려움이 함께 가자며 일찌감치 똬리를 틀고 앉아 있다. 험준한 산길도 타야 하니 걱정이란 놈도 가세해서 불안을 돋운다.

남도를 자전거로 돌 수 있다는 기대에 혹해서 앞뒤 가리지 않고 신청하긴 했지만, 참가하는 데 명분을 주었을 뿐 새로운 모험 여행을 하고 싶은 마음이 더 크다. 남편도 별말 없이 허락해 줬기에 마음은 가볍고. 지나친 도전이란 건 알지만 이 나이에 아찔한 스릴을 즐기고 싶다면 웃기는 일이려나. 아무려나 정도가 지나치지 않는다면 나른한 일상에 비타민이 될 수도 있을 거야. 이 오월처럼 청청한 나를 나에게 바란다.

무언가를 새로 시작하는 시점엔 언제나 상기된 설렘과 두려움이 얼굴 내미는 거야. 낯선 곳으로의 여행도 늘 그랬지. 이런 설렘과 두려움이 재미로 바뀔 때 설렘은 새로운 곳에 오르라고 도전이란 사다리를 놓아 주고, 두려움은 그것을 극복하는 용기를 주며 덤으로 기쁨까지 얹어주지 않는가.

일행 넷이 고흥 녹동으로 가는 배를 탔다. 자전거는 승용차들을 정차시킨 짐칸 구석진 곳에 단단히 묶어놓았다. 3등실로 들어서니 승객들이 꽉 들어차 발을 들여놓을 틈이 없다. 평일이어선지 여인들이 대다수다. 앉아 있는 모습들을 보니 사각의 거대한 콩나물시루가 연상된다. 몽실몽실하게 움트는 콩나물 싹 같다. 여행 중이라 낭만과 여유로움이 있어서인가 재미있는 쪽으로 흐른 발상에 푸훗 웃음보가 터진다.

오후 늦게 제주를 출발한 여객선이 호수 같은 바다를 가르기 시작한다. 삼삼오오 둘러앉아 있던 여행객들이 흥겨운 노랫가락을 내걸치며 서로 장단을 맞춘다. 한 시간 정도 흐른 뒤 제멋대로 뽑힌 좌판의 콩나물같이 질서가 무너지기 시작했다. 소주병이 손과 손을 넘나들고 마른안주가 너울을 탄다. 이리저리 드러누워 있는 사람들 중에도 팔다리를 덩싯거리며 주위 분위기를 탄다. 누군가 나를 잡아 일으켰다. 허리가 굽어버려 고개 드는 모습이 힘들어 뵈는 할머니의 양손을 잡았다. 삭정이처럼 말라버린 손에서 따뜻함이 전해

온다. 온기가 정으로 와 닿으며 옆집 할머니같이 살갑다. 연로한 어른들 분위기에 맞추려고 엉거주춤하며 어깨를 들썩여 보았다. 덩달아 흥이 났다.

승선 후 두어 시간이 지나 갑판에 나서 보니 일몰 풍경이 장관을 이룬다. 서녘 바다가 정열의 옷을 바다 한가득 펼쳐 입었다. 구름도 조연연기자 되어 어우르는 모양이 일품이다. 해 질 녘 풍경과 흥에 겨워 어깨 들썩이는 할머니들이 오버랩 되어 흐른다. 파도의 잦은 춤사위가 흐릿해간다. 주위가 금세 모색으로 물드는 게 제2막을 위해 휘장을 드리우는 듯하다. 어둠이 하늘과 바다의 합방을 돕는다.

밤 열 시가 넘어서야 여객선은 우리를 고흥에 내려놓았다. 남도의 끝자락 항구에 내려서니 작년 말 개통한 거금대교 야경이 기다렸다는 듯 반긴다. 부나비처럼 한밤에 숙소도 정하지 않은 채 거금대교를 자전거 타고 달려들었다. 맞바람이 상쾌하다. 까만 밤에 하얗다 못해 투명해 버리는 마음은 가벼워서 날아갈 것 같다. 벌써 여행 맛은 다 누린 기분이다.

자정이 가까울 무렵에야 숙소를 찾아 나서니 가는 곳마다 방이 없다. 설마 잠잘 곳이 없으랴 하며 돌아다니다 야식이라도 먹자고 들른 곳에서 주인장이 고맙게도 식당 방 하나를 내준다. 아침 식사거리라며 바지락탕까지 한 냄비 끓여놓는다. 자상하고 고마운 분을 만나 얼마나 다행이었는지. 그분 전화번호를 내 핸드폰에 입력하며 감사한 마음도 함께 저장한다.

다음 날, 경기가 시작되는 곳으로 가 보니 전국에서 모인 선수들이 삼백 명은 넘을 듯하다. 제주에서 왔다고 우리 팀에게 각별한 관심을 보인다. 비슷한 나이의 여성들끼리 한 팀이 되어 출발은 했지만 산 넘어 산이라고 한다지. 제주의 잘 빠진 도로를 생각한 나의 오판을 탓해서 무엇하랴. 자전거를 내가 끌고 가는지 나를 이끌고 자전거가 가는지. 해발 몇 백 미터는 족히 될 것 같은 산을 가로지를 때는 걷기조차 힘들었다. 자전거 바퀴가 간신히 지날 수 있는 오르막과 내리막이 연속인 오솔길. 솔가리는 왜 그리 미끌미끌거리는지. 경기 도우미가 되돌아가서 차에 타라고 했지만 지나온 길이 아까워서 사양한 걸 후회도 여러 번 했다.

대로로 나오니 거금대교가 보인다. 어젯밤엔 오밤중이라 차로로 달려 본 곳이다. 위로는 차들이 다니고 밑으로는 자전거 도로로 만든 복층다리다. 자전거 도로를 지탱하고 있는 웅장한 철교에 인정이 흐른다. 남도의 풍경과 갯냄새 속에 내 몸이 둥둥 떠다니는 기분이다. 섬과 섬을 이어주는 다리는 인간의 편의를 위해서 만들어진 바다의 풍경이다. 소록대교도 이번 랠리코스인데 이 대교가 개통되면서 천형이라 여기며 갇힌 삶을 살던 한센인들의 사회적 편견을 완화했다니 바다 사이에 떠 있는 다리의 역할이 기능에 더해 아름다운 소통으로 다가온다.

교차하는 곳에서 벌써 선두그룹은 거금도 코스 육십여 킬로를 다 돌고 도착지로 향하고 있다. 장딴지 근육이 황금빛이다. 옆을 지나는데 제트기 소리처럼 자전거가 스쳐 지난다. 아득한 실력 차이를 실감한다. 승부에 미련을 두지 않고 여유를 가져 보려 했건만. 분위기에 휩쓸려 이끌리듯 악착같이 정해진 코스를 달릴 수밖에.

눈앞 오르막길이 한여름 엿가락처럼 늘어진다. 들숨이 잦아들며 메마른 날숨만 공회전한다. 호흡이 일그러질 즈음, 내리막길이 온몸 들이밀며 달려든다. 기관차 화통에서 뿜어대는 증기처럼 펑펑 터지는 들숨 날숨. 신바람까지 가세해 산골바람을 온몸으로 맞는다. 두 바퀴도 바람 등허리에 탔는지 나는 듯 구른다.

내 삶도 오늘 달려온 길처럼 오르내리면서 울고 웃었지. 모나서 성가신 일, 뾰족한 가시에 찔려서 가슴 아픈 일 등은 남도의 청량한 바람 따라 날려버리자. 소중한 연분과 인생길은 자전거 바퀴처럼 둥글게 마름질하며 살리라. 구겨진 인연일랑 다림질로 곱게 펴면서.

4시간 가까이 달려 완주증을 받았다. 선두 그룹보다 두어 시간 늦게 도착했다는 증표이지만 내가 나에게 보내는 갈채와 함께 소중하게 배낭에 챙겼다. 앞서 도착한 선수들과의 시간차는 엄청나지만 무슨 대수인가. 계속 달리는 내 인생랠리에 꺼내보며 웃음 지을 추억이면 족하다.

남도 섬 랠리경기 종착지에서 터진 환성. 어불성설인 상상이지만 내 인생의 내림도 이런 환희였음 좋겠다.

꿈보다 해몽이

'길 그림과 심리' 강의를 들었다. 길(road)이란 설정하는 과정에 따라 무한대의 명제가 주어진다는 걸 깨닫는 시간이었다.

인생길은 끝이 올 때까지 끊임없이 갈 수밖에 없다. 그 길이 미로이거나 대로이거나 삶을 영위하는 동안은 가야 한다. 오솔길에는 산소 같은 상큼함이 있고 비탈길에는 조심해야 할 경계가 있고 두 갈래 길에는 선택해야 할 기로에서 고민도 한다.

길은 가르침이고 좌우명이고 또한 횃불이기도 하다. 아무것도 안 보이는 바다에도 뱃길이 있고 철새들이 나는 창공에도 회유로가 있다. 널따란 허공을 나는 비행기도 엄연히 존재해 있는 항로를 따라가듯이 우주 속 만물의 삶에는 기본예의와 원칙의 길이 있는 것이다.

지역 단체에서 열린 여성 교양강좌였는데 다소 애매한 제목의 강의시간이라 호기심도 발동했다. 현직 초등학교 선생님이 강사였는데 길 그림과 심리를 연구하시며 박사과정까지 도전한단다. 대단한 열성과 자부심을 가지고 계셨다. 그래서인가 강의내용이 무척 흥미로웠다. 강사님께서는 요점을 설명하시고 본격적인 강의 시간으로 들어가더니 청강생들에게 긴장을 풀고 편한 마음을 가지라고 하시면서 잔잔한 음악이 흐르는 가운데 명상의 시간이 십여 분 주어졌다. 그런 다음 8절지 위에 길을 주제로 떠오르는 생각을 그림으로 표현해 보라고 했다.

사물이나 풍경화 등, 설정해서 그리려면 막막하겠지만 마음 내키고 붓 가는 대로 그려보라고 하니 그림에는 자신 없는 나였지만 선뜻 하얀 도화지 위에 그림을 그리기 시작했다.

우선 도화지 상단으로 불쑥 솟은 산봉우리 두 개를 그렸다. 짝짝이 젖무덤 같은 모양이라서 웃음이 나왔다. 왼쪽 하단 중간쯤에는 어릴 적 매운 연기 냄새로 눈물 콧물을 꽤나 흘렸던 초가집을 상상하며 소담하게 그렸다. 울타리 밑 장독대 주위로 수선화랑 봉숭아도 그리며 동심으로 돌아간 야릇함도 느꼈다. 오른쪽 하단을 시작으로 넓은 길을 그리기 시작하여 길의 시작되는 부분에서부터 중간 길까지 무의식적으로 자갈들을 그려 넣는 나 자신에 의미심장한 기분이 들었다. 나무랑 바위 사이를 지나 멀리 아스라이 왼쪽 중간

산봉우리 지점에서 길을 마무리했다.

내 그림을 보면서 해석하시는 선생님. 산봉우리 두 개는 지금 나에게 당면한 문제를 큰 산으로 표현했다는 것이다. 자갈길은 얇은 고무신 바닥으로 전해오는 콕콕 찌르는 발바닥 따가운 아픔이 있는 것 같단다. 나는 점쟁이 앞에 선 아낙네가 되어 버렸다. '꿈보다 해몽'이라는 말이 있듯이 선생님이 해석해 준 내 그림. 보따리가 풀리니 유년의 추억이 뭉게구름같이 피어난다.

세월이 흐름을 거역할 수 없는 산물인, 과년한 딸 둘을 빨리 시집을 보내야 한다는 정신적 중압감이 현실로 다가왔음을 새삼 느꼈다. 자갈길은 어릴 적 수선화 향기로운 고향의 그리움이다. 그 너머 꿈 많고 웃음 많은 시절이었던 십대의 아픈 기억들의 서걱거림. 나 자신 그림을 그릴 때는 몰랐는데 수긍이 간다.

나는 왼손잡이다. 요사이는 어릴 때부터 왼손잡이더라도 우뇌 발달이니 좌뇌 발달이니 하면서 주위에서도 관대하게 받아들이고 부모들도 그다지 염려를 하지 않는다. 그렇지만 내가 자라던 시절에는 왼손을 오른손같이 쓰는 나는 장애아취급을 당했다. 왼손과 왼발 사용이 오른쪽보다 수월하고 능률도 있어서 주로 왼쪽을 많이 사용한 나, 어릴 적 시절은 그야말로 고난과 수난의 시기였다. 친구들과 고무줄놀이, 공기치기, 공놀이 할 때 등도 어설픈 왼손잡이인 내 편이 되면 슬슬 피하던 친구들. 아닌 게 아니라 내 편이 곧잘 지곤 했다. 친구들과 같이 어울려 놀고는 싶고 나 때문에 우리 팀이

져버리면 주눅이 들어서 얼굴은 홍당무가 되어버리기가 일쑤였다. 그렇게 주눅 들고 기를 펴지 못하고 전전긍긍하며 열등의식으로 지낸 시절의 일등공신은 어머니였다.

부엌에서 음식거리를 썰 때나 바느질을 할 때도 어머니의 눈은 항상 나의 거동에 머물러 있었다. 왼손이 아닌 오른손을 쓰는가. 아니면 또 왼손을 쓰고 있나 하는 감시 아닌 감시를 받았다. 난 왼손을 쓰는 것이 편하고 자유스러우니 자주 들킬 수밖에…. 욕과 잔소리를 많이도 들었다. 어머니가 안 볼 때나 안 계실 때 얼른 하고 싶은 일이나 집안일을 하느라 늘 눈치보며 쩔쩔매곤 했던 나의 어린 시절이 지금 생각해도 불쌍하다.

멀쩡하게 낳아 놓고서 그 시절에는 왼손잡이는 '왼둥이 병신'인 딸을 바로잡으려고 어느 부모인들 애쓰지 않겠는가. 어머니의 애쓴 보람으로 오른손 사용도 능수능란하게 한다. 그래도 왼손으로 먹는 밥이 맛있고 그림이나 세밀한 작업, 또는 힘쓰는 일은 왼손으로 해야지 한 것 같고 직성이 풀린다. 지금 생각해 보면 나도 결혼 적령기를 앞둔 딸을 두고 있는 엄마이고 보니 어머니의 그때 마음을 이해 못 하는 건 아니다.

엊그제 큰딸의 상견례 자리를 마련하고서 사돈될 분들과 마주 앉았다. 공부한다고 집안 살림 사는 법이라든지 반찬 만드는 일조차도 서툰 딸이지만 핵 분열하듯이 뚝 떼어서 보내야 한다. 염려와 서운함 너머 결혼생활을 무난히 하기를 기도하는 심정으로 딸을 바라보았다.

똑같은 떡이라도 자기 떡이 작아 보인다고 하는데 시집보내야 하는 입장에서는 내 딸이 더 크게 보이고 더 귀해 보이니 이를 어찌할까. 아깝고 애석했다. 그러면서도 시집 식구들에게 귀염받을 수 있게 내가 교육을 잘 시키고 예의 바르고 깍듯하게 키웠는지 또한 두렵다. 내 어릴 적 핍박 아닌 핍박을 받았고 혼내던 어머니의 잔소리가 그 거룩한 모성애의 발로인 것을. 내가 아기를 낳고 키우면서야 이해하게 되고 상견례 자리에서 더 절절히 느껴짐을 어찌하랴?

강의도 듣고 실기에도 참여하며 직접 내 그림을 해석하시는 강사님의 인지능력에 감탄이 절로 나왔다. 강의 받았던 내용처럼 무의식의 세계 속에 존재하고 있는 잠재과정에 접근할 수 있는 계기를 마련하는 길 그림 심리기법에 신빙성이 갔다. 나같이 어릴 적 잠재되어 있는 욕구 불만이나 억압되었던 스트레스를 풀 수 있는 치료요법으로 활용되면 성격형성의 적인, 열등감에서 일찌감치 벗어날 수 있을 것이다.

길 그림 기법은 마이클 헤인즈가 1985년부터 미술치료의 수단으로 이용하려고 탐구했고 계속적인 연구를 하고 있다고 한다. 다사다난하고 복잡한 세상을 살고 있는 우리들에게 길 그림 기법은 정신세계를 풀어주는 데 보탬이 되겠다.

길 그림 강의와 실습을 통해서, 잠깐이나마 어린 시절의 추억 속으로 타임머신타고 갔다 왔다. 하얀 도화지에 어릴 적 추억을 쏟아

났듯이 이 계절이면 어김없이 피었던 올레 담 아래 하얀 수선화의 청초한 향기가 그립다. 옥양목 저고리를 입은 고왔던 어머니 모습도 떠오른다. 내 어릴 적 앙증맞은 하얀 고무신도 신고 싶다. 그 어디를 찾아 봐도 있을 리 만무하련만.

보리 익는 오월에

보리가 익어간다. 이랑마다 푸근함이 넘친다. 계절풍이 간간한
갯내음 안고 보리밭으로 달려온다. 눈알 대굴거리는 알곡 밴 보리
나락 위로 오월의 싱그러움이 사르륵 스치며 흩어진다.

보리밭 담장에 얹어진 아버지 손자국들에 눈길이 간다. 돌덩이
하나 허투루 버리지 않았던 꼼꼼함도 세월의 할큄에 못 이겨 남루
로 너덜거린다. 주인 잃은 흔적들이 애잔하다. 파노라마처럼 펼쳐
지는 아버지와 같이했던 시간과 모습들. 가만히 불러본다. 아버지!

아버지에게선 늘 구수한 냄새가 났다. 모자나 눈썹에도 앉아 있
었던 체취. 그 몸내는 향수에 견줄 바 아니었다. 내가 태어나기 전
부터 방앗간 일을 하신 아버지. 세상의 아버지들에게선 다 그런 냄

새가 나는 줄로 알았다.

하절기엔 갓 수확한 햇보리 찧느라 방앗간은 온종일 덜커덩거렸지. 여름 간식거리로 햇보리 볶고 빻아 만든 미숫가루 냄새로 고소함이 온 동네에 퍼졌고. 그때 아버지 냄새가 가장 진했다.

밭담에 핀 하얀 찔레꽃 무더기는 그때나 지금이나 눈부시다. 보리밭 그루터기에서 꺼병이들 노니는 모습 쫓아다니다 순식간에 놓쳐버려 허망했었지. 내 유년의 흔적도 보이지 않네. 보리 익는 냄새 실어 나르던 허기진 바람도, 아버지도, 나의 추억 어린 시절도 속절없이 흘러가버린 지금이다. 한 아름 찔레꽃 꺾어 들던 고향의 오월은 이제나 저제나 여전한데.

보리 수확을 끝낸 초여름 밤. 마당에 옹기종기 모여 앉으면 하얀 달빛가루, 소리 없이 내려앉았다. 소다로 발효시킨 짙은 갈색의 보리 개떡과 삶은 햇감자 끼고 앉아 얘기꽃을 피우며 놀다 먹다 잠에 빠져들곤 했지. 아침에 눈을 떠 보면 모기장 쳐진 방이었어. 어떤 날은 잠자는 척 눈감고 있으면 듬직한 아버지 두 팔이 내 다리와 어깨를 감싸 안고 방으로 가 눕혀주었다. 그런 밤, 코끝에 와 닿는 아버지 체취의 포근함이란.

유난히 별 많은 오월의 마지막 날. 고향집 빛바랜 벽엔 아버지 초상화 홀로 적막하겠지만, 마당에는 별 총총할 거야. 추억들이 별처럼 쏟아진다. 저기 저 별들이었어. 어릴 적 손가락 꼽아가며 헤던 별들. 아버지 콧잔등에 땀방울 하얗게 마르면서 소금기로 빛나던 별빛. 아홉 식구 생을 간직한 캄캄한 고방 안의 누런 보리 알곡에도 망울망울 맺혀 있었지.

　잿빛 구름이 묵화로 그려낸 아버지 모습되어 서늘히 손짓하는 밤. 별똥별 하나, 떨어진다. 덩달아 내 눈에 고였던 별 한 쌍 가슴에 안긴다. 아버지 이름으로 여울진 보리 익는 냄새가 울먹인다.

가을밤 옥상에서

　　먼 듯 가까운 오름 너울마다
　　모색 무리 술렁대는 초저녁 어스름
　　뻥 뚫린 적막한 가슴에
　　싸늘한 바람 휘익 지나고
　　회색 휘장 드리우는 두모악이
　　아버지 돌아가신 날 만장처럼
　　흐느적거립니다
　　어둠이 사방으로 에워싸면
　　무수히 쏟아지는 영롱함들!
　　그래요 저 별빛들이었어요
　　내 어릴 적 마당 위에 쏟아지던 빛
　　아버지 콧잔등에 땀방울
　　하얗게 바래서 나던 빛
　　아홉 식구 생을 간직한 캄캄한 고방

잘 말린 보리 낟알에서 망울망울 솟던 빛

유난히 별 많은 가을밤
바랜 벽 지키는 아버지 초상화
쓸쓸할 시골집에도 별 총총할까

오름 능선 암울한 그림자들이
묵화로 그려낸 아버지 영상 되어
선들선들 손짓하면
눈가에 머물던 별 한 쌍
유성처럼 뚝 떨어집니다.

아들에게

너를 보낸 지 한 달이 지났구나.

서울 자취방에서 네가 입대하기 전날, 큰 누나를 영국행 비행기에 태워 보내고 뒷날 일찍 일어나서 된장국에 밥 한 덩이 눈 비비며 먹고는 포항행 버스를 엄마랑 탔었지. 10시까지 신병훈련소에 늦지 않고 도착해야 했기에 엄마는 네 누나와의 이별 뒤 허전함을 느낄 새도 없었단다. 다만 빡빡머리라서 삐딱하게 쓴 청 모자는 봐줄 만했는데 유명 상표가 시건방지게 휙 그어진 라텍스 슬리퍼는 영 아니더구나. 그 슬리퍼 때문에 가는 날부터 곤장 맞을까 하는 두려움이 앞섰단다.

포항 어느 허름한 곰탕집에서 곰탕 한 그릇 먹이는 것이 그날

엄마로서 네게 해줄 수 있는 유일한 일이더구나. 훈련소 가는 길은
참 넓고 멀었지. 일단은 한참을 너와 걸을 수 있는 시간이 주어진
게 너무 좋았거든. 지금도 엄마는 그 길 오르막과 인도블록 색깔이
눈에 선해. 아, 가는 길에 잣송이가 우리 앞에 툭 떨어졌지. 아릿한
마음도 달랠 겸 처음 만져보는 잣송이라 너에게 말을 걸어보려 했
지만 넌 이미 엄마와 이별을 끝내고 빡빡이 동료들과 탐색전을 하
고 있더구나.

이윽고 노란 나일론 줄이 쳐진 선 안으로 들어선 너는 지휘자의
이마에 시선이 꽂힌 채 이 엄마에겐 시선 한 번 안 돌려서 무정하단
생각도 했단다. 하지만 한편으론 군기에 돌입하려 애쓰는 내 아들
이 자랑스럽더구나. 이정표대로 잘 나아가는 네가 이 엄마는 마음
뿌듯하면서도 힘들게 버티며 지낼 날들을 생각하니 나도 모르게 눈
물이 볼을 타고 흐르고 있었어.

아들도 정말 숨이 막히도록 힘들 땐 저 창창한 하늘 보며 심호흡
크게 하렴. 인생행로는 그렇게 만만치만은 않은 거야. 힘겨움을 대
비해서 매끼마다 식사는 가리지 말고 남김없이 먹어야 한다. 체력
이 뒷받침되어야 정신력도 강해지는 거야. 엄마는 너를 포항 바다
가 바로 보이는 훈련소에 두고 와서 며칠은 앓았지만 요새는 괜찮
단다.

둘째 누나는 큰누나 보내고 너와도 헤어진 이틀 후 집에 도둑이
들었단다. 새벽에 부스럭거리는 소리에 느낌이 이상해서 얼떨결에

눈떠 보니 도둑놈이 누나를 물끄러미 쳐다보고 있었다는 게야. 놀라 소리 지를 새도 없이 눈 깜짝 할 사이에 사라졌다고는 하지만, 얼마 나 놀랐겠니. 그래도 야무진 둘째 누나 마음 잘 추스르고 있을 거다. 너희들 모여 살다가 혼자라서 허한 마음에 헛것을 본 건 아닌지 돌 려 생각을 하면서도 이 엄마도 놀란 가슴 쓸어내리고 있단다. 큰누 나도 이메일 몇 번 받고 전화 통화도 하고는 있지만 타국에서 겪어 야 하는 일상들이 다들 새로운 것들이라 만만치만은 않을 거야.

아들아, 너희들 제각각 흩어져 있는 지금의 엄마 아빠의 심정은 정성껏 갈아놓은 밭이랑에 귀한 씨앗 심고서 활기찬 떡잎 솟아오 를 때를 기다리는 농부의 마음으로 너희들을 바라보고 있단다. 흙 속에 묻혀 보이지 않는 씨앗이지만 힘껏 뿌리 내리고 있을 거란 믿음을 주는 너희들이 무척 자랑스럽다.

부디 어렵고 힘들더라도 큰 숨 들이쉬고 내뱉어 보렴. 시간은 아 주 빠르게 흐르고 있고, 힘든 이 순간의 뒤는 모두 과거야. 현실에 충실하길 바란다. 뒤 처짐 없이 남보다 한 발 앞서렴. 뒤따름보다 앞서 가는 게 힘이 덜 들 거야.

앞 화단에 개나리랑 벚꽃이 장관이구나. 규율 엄한 군대 생활이 겠지만 마음 밭 감성에 물주기와 책읽기도 늘 염두에 두렴. 자신을 소중히 여기면 현실은 벙글대는 긍정으로 네게 올 게야. 불침번 서 는 밤, 달 보면서 엄마에게 텔레파시 보내면 엄마 얼른 화답해 줄게. 두 다리가 건강해서 남들과 같이 군 생활을 할 수 있는 것도 얼마나 행복한 일이니. 안 그러냐?

　네가 여덟 살 때 2층에서 추락해서 다리 두 토막 났을 때를 기억하지? 그때는 허리에서 두 다리를 알파벳 A자로 깁스해서 엄마는 네가 잠잘 때와 밥 먹을 때, A자를 뒤집었다 엎여 놨다 혼났잖니. 넌 그때 눈물 한 방울 흘리지 않고 용하게 그 어려운 치료 과정을 잘 견디었지.

　요 며칠 전에 엄마는 장애인과 함께 하는 행사에 참석했었단다. 매년 하고 있지만 올해도 척추장애로 휠체어 신세를 지고 있는 분들께 고사리를 드렸단다. 내가 건강하기에 봄의 향취에 취하면서 즐겁고 신나게 꺾었던 고사리가 또 다른 기쁨의 씨앗 되어 화사하게 꽃피더구나. 올해도 고사리 철이 되면 먼발치에서 친구가 되어 주는 한라산 노루가족과 장끼 까투리 가족을 만날 일에 고사리 철이 기다려진단다. 아, 그리고 평원에 안개처럼 자욱이 깔린 하얀 들꽃 향기는 더 기막히단다.

　아들아, 계절 지나 네가 훈련 마치고 검게 탄 건강한 얼굴로 올 때를 기다리며 햇살 쨍쨍 내리쬐는 날, 침구 일광욕시키며 네 향취 맡으려 이불 속에 얼굴 파묻어 보련다.

　네가 그랬지. 편지 받는 것하고, 일요일날 교회나 절에 가면 주는 초코파이 먹는 즐거움밖엔 없다고. 그러나 '신병 60교번 김기만' 이란 자랑스럽고 소중한 사명을 아끼길 바랄 뿐이다. 오늘도 단밥 먹고 단잠 자길 빌면서 부디 몸 건강한 나날이길…….

너의 편지를 기다리는 엄마 마음을 어느 시인이 시로 대신하며 이만 줄인다.

　　　　하루가 사라지네요
　　　　달구지 아침 열며 부산스레 지나가고
　　　　고요함이 뼈가 시리도록 짓누르는 정오
　　　　노파는 하루를 우체통 그림자로 섰다가
　　　　허한 가슴 쓸어안고 발길을 돌립니다
　　　　풀벌레 우는 저녁에
　　　　편지 한 통 오지 않는 빈 집으로
　　　　별들만 쓸쓸히 고개 내밀고
　　　　흙마루에는 외로움이 수북이 쌓여 갑니다.

　　　　　　　　　　　　　　　　　　　　－ 온용배 〈우체통〉

고향

'고향은 영원한 종교'라고 한다. 언젠가는 돌아갈 곳이라는 절대 귀의의 본능이 있어 기쁨과 위안을 주는 곳. 희망의 메시지가 담긴 무한대의 꿈과 자유가 있는 곳.

우리는 태어나는 순간부터 누구나 공평하게 몸과 영혼의 안식처를 조물주로부터 부여받는다. 그곳은 자연 속 모태인 고향이라는 이름이다.

"나 땅 까매기*는 검어도 아꼬웁다.*"라는 제주도 속담이 떠오른다. 까마귀는 검어서 보기에 상스럽고 흉해도 내 고향에 살기에 귀하고 사랑스럽다는 뜻이 담겨 있음이다. '아깝다'의 본디 낱말 뜻도 소중하고 귀한 것을 잃거나 놓쳤을 때 '섭섭하거나 안타깝다'라고 흔히 쓰지만, 제주도에서는 사랑스럽고 귀중하다는 표현으로 자연스럽게 쓴다.

내 회상의 공간 속에 손에 잡힐 듯 선명하게 떠오르는 어릴 적 추억 중 으뜸은 오막살이 초가집이다. 그 집은 아버지가 장가들기 위해서 등짐으로 돌과 흙을 져 나르면서 지은 보금자리였다고 한다. 내가 초등학교 시절까지도 신문지로 도배한 벽에 매캐한 연기 냄새가 사시장철 덕지덕지 달라붙어 있던 보잘 것 없는 두 칸짜리 작은 집이었지만 우리 일곱 형제자매는 고뿔 약 한번 먹은 기억 없이 여름철 물외 자라듯 그 오막살이에서 쑥쑥 성장했다.

집이 워낙 허름하였던 터라 여름 장마철일 때는 시도 때도 없이 지네나 노린재 같은 벌레들이 설설 기어 다니곤 했다. 누리치근한 냄새를 풍기는 노린재는 냄새가 고약해서 고놈이 기어 다니면 질색을 했지만 시뻘겋고 커다란 지네를 발견했을 때는 두렵고 무서워하면서도 환호성을 내지르곤 했다. 진저리를 치면서도 지네의 독니를 빼 버리고 동네 박물장수 할머니에게 가지고 가면 커다란 왕방울 사탕 두 알을 주기 때문이다.

그 시절에는 간식거리라곤 들과 산의 야생 열매이거나 여름이면 햇보리로 만든 개역*에다 보리밥을 굴려서 동글동글해진 개역밥을 집어 먹는 게 고작이었으니. 쉐* 눈보다 큰 왕방울 사탕을 손안 가득 쥐면 기쁠 수밖에.

알싸한 유년의 추억들이 고향의 정겨움이라는 보따리에 묶여 있다가 지금 눈앞에 굽이굽이 펼쳐진다. 고향을 떠나 봐야 고향의 소중함과 타향살이 설움을 안다고 했다. 결혼하면서 충청도 온양에서 삼 남매를 낳아 기르는 경황없는 세월 속에서도 그 모진 향수병은 내 곁에 끈덕지게 달라붙어 다니며 호젓한 골목 고샅길이건 와자지껄한 매일시장의 푸성귀 사이에서도 불쑥 나타나곤 했다. 물밀듯이 밀려오고 밀려가는 인파 속에서 나를 알아보는 사람은 왜 없을까 하며 울먹였던 시간들.

까만 머리 사이로 슬그머니 들어앉은 흰머리처럼 가슴 한 모퉁이에 틀어 앉아 버린 쓸쓸함, 그리움, 외로움이라는 고만고만한 친구들끼리 한통속되어 남쪽 하늘만 쳐다 봐도 눈물샘을 건드리던 얄궂은 놈들.

남편이 귀가를 기다리며 동네 어귀의 오동나무 밑에 쪼그리고 앉아서 기다리는 한밤. 상현달은 나뭇가지 사이에서 턱 기대어 졸고 있고 야윈 달빛과 싸늘한 냉기를 가르며 떨어지는 낙엽에도 외로움이 잔뜩 묻어 있었다. 그런 시간들을 겪는 날이면 언젠가는 귀향의 싹을 틔우리라고 염원하곤 했다. 어머니의 거친 손같이 척박하고 까칠했던 지난 날 여정이 파노라마 되어 어른거린다.

퍼내고 퍼내도 끝없이 솟아오르는 샘물처럼 내 마음의 샘터인 고향. 지천명의 중턱이지만 아직은 허리 꼿꼿한 육체로 안주한 나는 편안한 안도의 숨을 내쉰다. 그리고 나날이 세계 속에 우뚝 솟는 우주 속 노른자위 내 고향 모습을 보며 자긍심이 저절로 인다.

우리 고유의 합죽선을 떠올려 본다. 그 무수한 부챗살이 펼쳐지는 포물선의 초점인 곳. 남북 아시아와 동서로 펼쳐진 유럽권과 거대 아프리카가 남북으로 합죽선의 부챗살처럼 제주에서부터 펼쳐지지 않았는가. 세계적인 명소가 바다 위에서 부터 땅속에까지 오롯이 간직돼 있는 천혜의 땅이며 곳곳에 산재한 비경과 함께 소중하고 아름다운 보물인 한라산과 뱅뒤굴, 만장굴, 김녕굴, 용천동굴, 당처물동굴을 포함하는 거문오름 용암 동굴계와 성산일출봉이 세계자연유산으로 등재된 영광과 더불어 평화의 상징인 섬.

제주도는 한반도의 끄트머리가 아니고 한반도의 두상, 즉 용의 머리다. 그리고 주변 거대한 국가에서 2시간이면 왕래가 가능한 거리에 있기 때문에 한반도의 보물섬이기도 하다. 북쪽은 위, 남쪽은 아래라서 한반도의 끝에 달려 있는 '섬 제주'라고 하는 이는 그 사람의 좁은 시야 때문이라고 본다. 사실, 지도로 보면 한라산 꼭대기에서 조약돌을 던지면 바다에 퐁당 빠질 것같이 아담하지만 무한한 잠재력을 품고 있는 내 고향이 그지없이 아꼬웁다.

고향 앞바다의 파도소리 살랑거림에서 어울림의 미덕을 주워 담고 세차게 내리는 호우에 다소곳이 날개 접어 순응하는 풀과 나무처럼 고향의 자연과 오순도순 대화하며 살리라.

* 까매기: 까마귀의 제주어.
* 아꼬웁다: 귀하고 사랑스럽다는 뜻으로도 표현하는 아깝다의 제주어.
* 개역: 보리미숫가루.
* 쉐: 소의 제주어.

저게 뭐지

까만 콩알 같은 것이 공중에서 흔들거린다.

함덕해수욕장 언덕배기에 있는 팔각정 처마 밑. 동쪽 해안도로를 자전거로 달릴 때면 그냥 지나치기가 아쉬워 잠시 머무는 곳이다.

그 날도 백사장 물빛이 하도 고와 자전거를 모래벌에 뉘고 팔각정 난간에 기댔는데, 조그만 웬 물체가 허공에 매달려 달랑거린다.

도대체 저게 뭐지. 짙은 색 고글이라 헛봤나 싶어 안경을 벗고 가까이 다가가 보니 오돌토돌 현무암 돌멩이가 내 눈높이에 매달려 있다. 그 자갈을 무게중심으로 잡고 Y자형 집을 지은 것이다. 아주 조그마한 거미가.

오사칠계의 한 구절인 상황에 맞게 꾀를 부린 착상이 기막히다.

더 가까이 다가가서 위쪽을 보니, 불면 날아갈 것 같은 다리로 거미줄을 움켜쥔 주인장이 눈여겨보는 낌새를 눈치챈 듯 긴장된 자세로 엎디어 있다. 여러 가닥의 줄은 처마와 지붕모서리에 매어놓고 아래쪽을 고정할 장소가 없으니 자갈을 들어 올려 기둥을 만든 기발함이라니.

땅에 널려 있는 자갈 중, 집 중심의 무게를 어떻게 짐작하여 골랐을까. 돌을 거미줄로 고정시켜 놓고 오르내리며 끌어 올린 과정을 그려 본다. 사람들이 왕래가 있는 길가라서 보통사람의 머리 위 높이로 들어 올린 발상하며…….

기둥 삼을 거미줄에 주춧돌 매달아 세우고 집을 지은 거미의 능력은 내장된 DNA 덕택이었을까. 아니면 즉흥적으로 생겨난 지혜일까. 추 무게를 적절하게 선택한 그 판단력이 신기하고 경이롭다. 숲 속에서 나뭇가지를 매달고 지은 왕거미 집을 본 적은 있지만, 어린거미에겐 버거웠을 돌멩이를 들어 올린 용감함과 재치는 기상천외다. 열악한 환경을 끌어안고 집을 지은 창의력에 박수를 보내고 싶다.

고정된 거미줄들은 처마의 이곳저곳에 옭매인 신세이지만 돌멩이의 요동 따라 같이 흔들린다. 전체 거미집의 장력을 조율하며 자갈돌의 어정쩡한 춤사위에 적극 동조하는 듯 보인다. 돌이 공중에서 유영하도록 적당히 탄력을 주며 흥을 돋우어 주는 듯싶기도 하다. 거미는 한여름 바닷가 그늘막에서 먹이도 얻고 흥도 돋워가며 신명나겠다. 주인장이 그네 대용으로 한 시절 보내고 싶었는지도 모를 일.

해안가 갯바람이 매달려 있는 자갈돌을 부추겨 댄다. 흡사 돌 지난 아이의 첫걸음마처럼 아슬아슬하다. 제 무게에 겨워 언제 툭 주저앉아버릴지 조바심이 나기도 한다. 그렇지만 거미줄은 같은 지름의 강철보다 강하고 나일론만큼이나 질기다고 하지 않는가. 인위적으로는 만들 수 없을 만큼 좋은 실을 직접 뱃속에서 뽑아내는 거미들은, 집을 지을 때 환경의 영향 따라 바람이 부는 경우는 더 뻣뻣하게 만든다고 한다. 중력, 거리, 각도, 풍속 같은 물리적 조건까지 고려하는 능력을 지닐 만큼 빼어난 건축가라는 것이다.

무수하게 작은 직선을 질서정연하게 연결하여 원형에 가까운 집을 완성한 거미. 또한 자신의 체중에 맞게 집의 형태를 정하여 제 분수에 맞는 집의 크기를 결정한다니, 우리 인간들보다 얼마나 실속 있고 영리한가.

언젠가 출가한 딸네 집에서 본 적이 있는 ≪스캣(SCAT)≫이라는 책 내용이 얼핏 머리를 스친다. 기지를 발휘해 상황을 극복하고 원하는 결과를 성취해내는 능력과 예측 불가능한 미래에 맞설 수 있는 힘을 '스캣'이라 했다. 가장 적절한 판단력은 어떠한 상황에서건 자신만의 노하우와 창의력을 발휘하는 응용능력이라 한다. 필수불가결할 때 유효적절하게 대응하는 능력이라고 해도 좋을 듯하다.

흔히 지식은 누군가의 이론을 내 머리에 저장하는 것이라서 지식이 쌓인다고 한다. 그에 반해 가르침에 의해 아는 것이라기보다 본인 스스로의 대처능력을 지혜가 열린다고 말한다.

여기 거미가 빌려온 지식으로 집을 지었다면 상황에 알맞은 돌을 활용할 지혜의 문을 열 수 있었을까. 아마도 가능하지 않았으리라. 미물이지만 본능적인 창의에 의해 스스로 깨닫고 행하는 열린 능력이 있었던 게다.

거미집의 무게중심으로 매달아 놓은 자갈 한 알에서 온 우주를 아우르는 지혜와 스캣을 본다.

눈물

　세간에 떠들썩했던 화젯거리 그림이 있었다. 리히텐슈타인의 〈행복한 눈물〉이라는 그림이다. 국내 대재벌집 안주인이 무척 아끼는 작품이라고 한다. 도대체 그 그림의 가치가 얼마나 높아서 야단법석들인가. 내 경제관념으론 어림짐작도 못하겠다. 다만 근래 대기업의 필요악인 부조리의 산물이라서 더 시끌벅적한 것 같기는 하다. 보통 사람들은 넘볼 수 없는 '사재기'의 한 단면이었기에 더욱 대중의 이목을 끌었으리라 짐작해 본다.

　그림에 문외한인 내가 보는 느낌은 작품성에 앞서 리얼리티한 눈물의 묘사로 인하여 감상하는 사람들에겐 사유할 틈을 주지 않는다. 그러나 감상하고 난 다음은 그림의 이미지가 워낙 강해서인가 시간이 흘렀어도 눈에 선연하기는 하다.

〈행복한 눈물〉이라는 그림이 뉴스거리로 연일 오르내린 덕택에 실컷 감상할 기회는 가졌다. 그 그림은 화면 한가득 여자가 눈물을 흘리고 있는 모습이 과장되어 보이긴 하지만, 만화와 같은 친근함도 느껴진다. 다만, 내용 설명이 없기 때문에 그림 속 여자가 흘리는 눈물의 의미는 보는 사람의 상상력에 맡길 수밖에.

나는 피카소의 걸작 중에 〈울고 있는 여자〉라는 그림을 리히텐슈타인의 〈행복한 눈물〉과 비교하며 감상했다. 이 두 그림을 보면서 여러 가지 감정의 개입으로 인하여 흘리는 눈물의 의미를 되새겨 본다.

사람은 슬프거나 감동을 받거나 억울하거나 했을 때 또는 너무 기뻐서도 눈물을 흘린다. 인생을 살면서 나로 인해서 아니면 주위에서 아주 흔히 접하게 되는 게 눈물이다. 시장 바닥에서 장난감 안 사준다고 울어대는 꼬마도련님의 강짜눈물이 있는가 하면, 삶이 끝나지 않는 한 마르지 않고 지워지지 않을 눈물주머니를 한 아름 안고 사는 인생도 부지기수일 것이다.

나에게도 평생 마르지 않을 진한 눈물을 가슴에 품고 있다. 친정 아버님께서 흘리신 생의 마지막 눈물. 주무시다가 심장마비로 홀로 머나먼 길을 가시면서 귓불을 타고 베갯머리를 적시다 마지막으로 눈가에 고여 있던, 한 방울의 그 눈물에 생각이 머물면 내 가슴속은 그 한 방울 눈물이 파랑 되어 일렁여 버린다.

또 하나 잊지 못할 눈물 사건은 딸이 시집가는 날, 폭포수같이 쏟아지던 눈물인데, 시간이 지났어도 엊그제 같이 생생하다. 딸이 시집가기 전날 밤, 잠자리를 같이했다. 아쉬움과 설렘의 시간들이 순식간에 지나가고 있었다. 밤 두 시를 넘기고서 얕은 잠을 청했는데 아침 네 시쯤 되니까 신부가 오도카니 앉아서 훌쩍이기 시작하더니 펑펑 울음을 터트리는 게 아닌가. 눈이라도 작았으면 흘리는 눈물방울이라도 작았을까, 왕방울만 한 눈에서 쏟아지는 눈물이라니. 처음은 같이 울어 보며 달래 보며 했지만 이러다가는 오늘의 주인공인 신부의 얼굴이 말이 아니게 생겨서 우격다짐을 주기 시작했다. 아침 여섯 시에 신부 화장을 예약해 놓고 눈은 온통 부어 있고 눈동자도 빨개서 말이 아니니 시집보내는 섭섭함에 나까지 울었다가는 신부가 넋을 놓고 울음판을 벌이는 데, 수습 할 수가 없게 생겼다. 겨우 어르고 달래서 미용실에 들여보내 놓고 한숨을 돌린 다음 조심스레 미용실 문을 열어 봤다. 그런데, 웬걸, 신부는 언제 그렇게 대성통곡 하며 울었냐 싶을 정도로 또렷한 눈매로 미용사에게 눈을 강조한 화장을 청하고 있었다.

어느 책에서 눈물에 대한 정의를 내린 것을 봤다. '감정적 눈물은 강력한 감정에 의한 인간만의 표현'이라고 했다. 이러한 눈물에는 고단백질이 함유되어 있고 몸 안에 생성되어 있는 스트레스성 화학물질을 배출시키는 작용을 할 수 있단다.

그래서 내 딸도 엄마가 제주도에 있어서 잡다한 혼수 준비와, 결혼절차, 신혼집 꾸미기 등을 도와 줄 수 없었기에 혼자만 직장 다니랴 결혼 준비하랴 힘들었던 모든 스트레스를 날려 버리는 의식 아닌 의식을 그 새벽에 치렀나 보다. 나의 마음을 콩알만 하게 만들어 놓으면서. 정말 신기하게도 신부인 딸의 모습은 맑은 가을밤하늘의 별 중, 제일 영롱한 별을 닮은 눈망울로 반짝반짝 행복한 미소를 뿜어내어 우리를 들뜨게 했다.

지나고 나니까 눈물의 정의니 뭐니 하면서 그날의 일을 상기하고 있지만 그때는 일생일대의 결혼식에 울다 지쳐 병원으로 실려 가지나 않을까 하는 생각이 들 정도였다. 리히텐슈타인의 〈행복한 눈물〉과 피카소의 〈울고 있는 여자〉의 눈물 중, 내 딸은, 행복한 결혼생활의 팡파르인 〈행복한 눈물〉을 철철 흘렸었구나 하는 생각을 하니 피식 웃음보가 터진다.

이렇게 눈물은 삶의 굴곡이라는 희로애락의 나무에 맺히는, 달고 쓰고 때로는 쳐다보기만 해도 가슴 에어 오게 만드는 마력의 열매인가 보다.

그러고 보니 피카소의 〈울고 있는 여자〉는 너무도 처절하다. 피카소가 그 그림을 그릴 당시, 전쟁으로 온 나라가 절망적 비극에 휩싸여 있었기에 여인을 통해서 나라의 슬픔을 상징화해서 대작이 탄생됐다는 미스터리 같은 이야기도 전해오지만. 천재 화가이기에 만인을 아우르는 눈을 가졌을 수도.

눈물은 자신의 내면 상태를 가장 솔직하게 드러내는 매개체라고 한다. 그렇지만 눈물 본래의 바탕이 가지는 의미는 없다고 한다. 다만 다양한 상황에 따른 감정 이입이 존재할 뿐.

우주 속 삼라만상을 관장하는 힘을 가진 인간은 강력한 윤활유인 눈물이 있기에 거대한 역사의 바퀴를 돌리며 이 세상에서 군림하고 있지 않을까?

만물이 회생하는 찬란한 계절에 나도 피카소의 〈울고 있는 여자〉가 아닌 리히텐슈타인의 담백한 눈물인 〈행복한 눈물〉을 철철 흘릴 거리가 있었으면…….

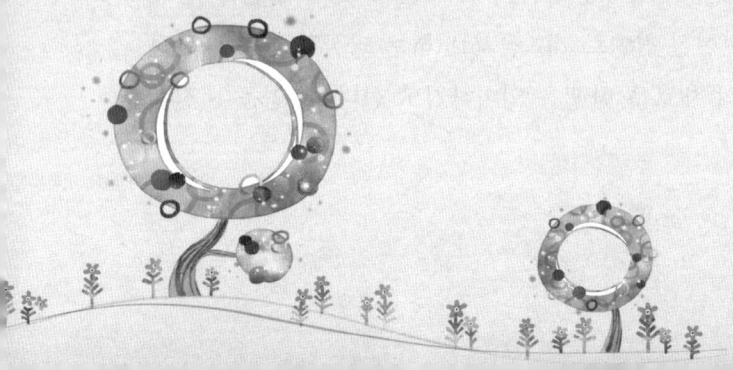

학부모에서 다시 학생이고 보니

기말시험을 보는 날이다. 시험 문제지를 받아든 순간, 그간의 태만을 시험하려는 듯 노려보는 글들의 눈초리. 첫 문제부터 나를 질책한다. 요리조리 아리송하다. 시간이 순식간에 지난다. 어느새 수험생들은 퇴실해버려 주위가 텅 비었다. 나를 포함해서 두엇만 남아 있다. 우리 주위를 감독관 두 분이 맴을 돈다. 신경이 쓰인다. 상기된 얼굴로 딸 또래의 교수님을 쳐다봤다. 출석 수업 강의를 하신 H 교수님이다.

순간 막혔던 답안이 생각났다. 선우휘가 쓴 '불꽃'의 주인공 '현'이 답이다. '불꽃'은 현실 참여로 개혁을 시도하는 양심적 행동을 상징하려 했다. '현'의 새로운 탄생을 의미하기도 한다. 주인공은 전후

격동기에 적극적이며 행동적인 삶을 살았지. 한숨이 절로 터진다. 교수님이 빙긋 웃으며 스쳐 지난다.

기말시험을 모두 끝냈다. 또 한고비를 무난히 넘기니 기분이 최상이다. 이 기분을 누가 알기나 하랴.

자유롭게 공부할 수 있다는 점이 좋아서 방송통신대 국문학과에 입학한 지 3년차. 두툼한 교재와 인터넷을 통한 유명 교수들의 강의가 대학생이란 자존을 살려준다. 또한 버티며 비빌 수 있는 유일한 언덕이기도 하다. 혼자 해야 하는 공부는 인내를 저울대에 올려놓고 추를 마구 흔들어 댄다. 책상머리에서 나는 졸고, 펼쳐 있는 책만 방송강의를 좇아가다 맥없이 주저앉는 시간이 많았었지. 그나저나 이제부터 방학이니 학생 신분은 당분간 잊자.

빨리 해방감을 누리고 싶은 마음에 한 다발의 너덜거리는 예상문제지 등을 쓰레기통에 버리고 교재는 가방에 쑤셔 넣었다. 친구를 불러내서 수다나 떨어 볼까 하여 전화기를 눌러보다 저녁시간이라 아쉽지만 접는다.

우리 애들도 시험이 끝나면 이런 기분이었겠지. 삼 남매가 학교 생활을 마친 지도 십여 년이 지났건만 엊그제 일인 듯하다. 시험 끝났다고 친구랑 놀다 온 날엔 얼마나 혼내줬던가. 저들도 잠시 머리 식히고 싶었을 텐데 그때는 왜 그 마음을 몰라주었을까. 그러지 말 걸.

일단은 큰 짐을 벗어버린 가벼운 마음으로 학교에서 나왔다. 밖은 벌써 어둑하다. 혹한의 날씨에 싸라기눈이 얼굴에 톡톡 부딪치며 떨어지지만 그래도 상쾌하다. 학교에서 본 적이 있는 청년이 목발을 짚고 미끄러운 계단을 내려오고 있다. 묵직한 가방이 한쪽 어깨로만 쏠린다. 그에게 버스 타는 데까지 태워다 주겠노라고 하며 내 차에 태웠다. 다행히 나와 같은 방향이다. 어릴 때 무릎관절염을 앓아서 관절이 굳어버렸단다. 안경광학을 공부해서 취직은 했지만 내 점포를 갖는 게 목표라며 경영학과 3학년이라 한다. 불편한 다리지만 꿈을 찾아다닐 수 있어 행복하단다. 바라보는 눈빛 속에 꿈의 거지반은 이뤄낸 것 같아 믿음직스럽다. 초등학교 때 담임선생님이 자전거로 늘 하교 시켜준 걸 잊을 수 없다며 가끔은 찾아뵙는다는 말을 곁들인다.

그 말을 듣는 순간 얼굴이 화끈 달아올랐다. 내 아들의 초등학교 일학년 시절이 떠오른다. 입학하고서 일주일 만에 이층에서 떨어지는 대형 사고로 다리가 부러진 아이. 육 개월 간을 병원을 드나들며 집에서 요양하는 동안, 담임이셨던 K 선생님이 그날 배운 것과 숙제를 가지고 자주 찾아오셨다. 가끔은 같은 반 친구들을 통해서 보내기도 하면, 같이 놀며 즐거워했다. 자상하신 선생님 덕택에 2학기가 돼서야 등교했지만 금방 적응하는 아이만 대견타 했었다. 연세가 지긋하셨고 언제나 정장 투피스차림이셨던 K 선생님. 고마움과 함께 죄송한 마음이 지금 다시 솟구친다.

제대로 인사조차 못했고 지금껏 잊고 살아 왔다. 벌써 이십여 년이 흘렀는데, 편안한 노후생활을 보내고 계실까. 어디에 계신가. 올 설에 아들이 내려오면 수소문해서 찾아가 뵈어야 할까 보다. 더 늦기 전에 뵐 수 있었으면……

어린 시절, 제대로 걸을 수 있을까 하며 애를 태웠던 아들은 해병대에 입대하여 군 생활을 마치고 어엿한 사회인으로 제 역할을 잘하고 있다. 첫 배움의 시작에 자애로운 선생님을 만난 것이 초석이 되지 않았나 싶다.

학부모에서 다시 학생이고 보니, 부모라는 내 역할이 허술하고 가벼웠음이 부끄럽다. 지금 내가 강의 받고 있는 교수님들을 존경하는 만큼 내 아이들 스승님에게 존경심이 있었던가. 아이들 성적에만 집착하였기에 한창 감성을 키워나가야 할 시기에 학교와 집, 그리고 학원에서 얌전하게 공부하는 게 유일한 학생의 길이라고 죄어치기만 했다. 아이들이 일상에 시달릴 때, 엄마의 잔소리가 아닌 위로와 힘이 되는 말을 적절하게 했나 몰라.

부모의 보편적인 역할에만 몰두하여 내 시야에서 벗어나지 않게 감시하며 걸어왔던 좀스러운 길. 항상 달리라고 몰아대면서 굿판의 사설처럼 긴 넋두리를 늘어놓으면 눈물로 대항했었지. 힘겨웠으면서도 꾸역꾸역 따라왔을 순한 내 아이들이 용케도 제 갈 길을 찾아 모두 떠났다.

묵은 세월도 늦깎이학생이란 신분으로 되돌려보니 신선한 깨우침이 많다. 사람은 평생을 배우며 살아야하는 것. 늦었다고 생각할 때가 가장 빠른 때라는 말이 있어 용기를 준다. 뒤돌아서면 까맣게 잊어버리는 게 항다반사라 애가 닳지만 콩나물시루에 물을 주면 순식간에 물은 빠져버려도 콩나물은 자라지 않는가.

어설픈 학생이지만 내 안에 싹이 자라고 있을 거라는 믿음이 있는 지금이 좋다. 밖으로만 내쏘이던 에너지가 나에게 돌아온 것도 좋다. 배움은 어려운데 즐거움을 주는 묘한 마력이 있어 더욱 좋다.

조지훈과 박남수의 삶

　우리는 흔히 예술가의 작품을 평하고 논할 때, 순수하게 작품만을 평하기보다 작가의 인생관을 들여다보는 경향이 강하다. 하여, 박남수와 조지훈 두 작가의 일생을 들여다본다.

　박남수는 정지용의 추천으로 문단에 나섰으며 조지훈과 연령도 비슷하다. 1918년 평양에서 태어나 1939년 ≪문장≫지를 통해 정식으로 문학 활동을 시작한다. 〈심야〉〈마을〉〈주막〉〈초롱불〉 등이 데뷔작이며, 1941년 일본유학에서 법을 전공했다. 1951년 1·4후퇴 당시 월남했다. 1975년 홀연히 미국 이민을 떠났고 1994년 미국에서 생을 마쳤다.

　그는 지식인으로서 조국의 환란과 어려움을 바라만 보았던 자신의 번뇌를 〈새〉 〈잉태〉 등을 통하여 표현했고 포수가 쏜 총에 맞는 새로 비유했다는 느낌을 독자인 나는 받는다. 1950년대, 세상에 내놓은 〈새〉에서 시인이 지향한 순수라는 가치는 허상으로 존재하고 자신을 새와 포수의 대립적 관계에 놓으려 했지만, 순수성이라는 본질을 상실한 비참하게 피로 물든 새. 교태나 가식이 없는 순수한 사랑이란 작가 자신이 동경하는 대상일 뿐인 것이다.

시란 정신과 마음을 육화(肉化)시키는 마력을 지녔기에 포수의 설정은 자기당착을 채찍질하고 있다. 젊음과 사리판단이 분명한 연령에 남북이 총부리를 겨누고 있는 현실 앞에서 자신과의 갈등에 허덕이며 새의 본질인 순수성이 흔들리게 되고 결국 포수가 겨냥한 새는 '피에 젖은 한 마리의 새'에 불과한 비순수성으로 전락하고 만다. 내부의 칡덩굴(葛)과 외부의 등나무(藤)가 서로 상반되게 꼬임으로써 영혼과 몸이 은둔의 늪에서 서로 고통에 빠져든다.

새는 울어/ 뜻을 만들지 않고/ 지어서 교태로/ 사랑을 가식하지 않는다/ 포수는 한 덩이 납으로/ 그 순수를 겨냥하지만/ 매양 쏘는 것은/ 피에 젖은 한 마리 상한 새에 지나지 않는다.
— 박남수 〈새〉

1975년 미국으로 이민 간 후 박남수는 한동안 시작활동을 중단하다가 10여 년이 지난 후 다시 활동을 재개하게 된다. 이러한 문학적 공백은 시인의 작품 세계의 변모와 직결된다. 다소 차이는 있지만 초기와 중기에 걸쳐 지속적으로 추구했었던 모더니스트적 면모에서 벗어나 직설적이고 심정적인 시어들을 통해 시인의 삶의 흔적을 진솔하게 제시하는 특성을 보여 주는 것이다.

후기 시편들에서는 시인이 미국 생활을 하면서 느꼈던 심정이나 자아의 실존에 대한 의식 등이 현실의 공간과 밀착되어 나타난다. 특히 존재에 대한 상실감을 그린 시편들이 다수 창작되어 도미 후 시인의 현실 적응이 어려웠음을 짐작하게 해 준다.

> 맨하탄 어물시장에 날아드는/ 갈매기 끼룩끼룩 울면서 서럽게/ 서럽게 날고 있는 핫슨 강의 갈매기여/ 고층건물 사이를 길 잘못든
>
> 갈매기 부산 포구에서 끼룩끼룩 서럽게/ 서럽게 울던 갈매기여/ 눈물 참을 것 없이 두보처럼/ 두보처럼 난세를 울자
>
> 슬픈 비중의 세월을 끼룩끼룩 울며/ 남포면 어떻고 다대포면 어떻고/ 핫슨 강변이면 어떠냐 날이 차면/ 플로리다쯤 플로리다쯤 어느/ 비치를 날면서 세월을 보내자꾸나
>
> — 〈맨하탄의 갈매기〉 전문

한국 현대시사에서 보기 드문 강점으로 작용한다고 할 수 있는 박남수 시의 특성은 대립적 이미지들의 오묘한 배합과 통합의 시도

에 있다. 대상의 순수성과 함께 존재성의 결합과 조화를 창조해 낸다. 또한 모더니스트로서의 외래적 시 경향을 추구하면서도 전통적인 소재와 배경을 채택해 시 언어의 감각을 날카롭게 유지했다. 대상에 대한 철저한 탐구와 객관적 통찰력 그리고 통합적 세계인식은 현대시에서 독보적인 영역을 차지한다 할 것이다.

박남수의 시는 사물의 회화적 이미지를 드러내는 데 중점을 두면서 철저히 인간적 감정을 배제했던 초반기에서 후반기 작품으로 갈수록 현실 공간에 밀착되고 점차 사물의 이미지가 화자의 주관적 정서를 투사시킨 대상으로 변화한다. 자아 상실감이나 귀소의식, 순환론적 인식이 두드러지게 나타나며 자연으로 표상되는 삶의 의미를 각본 따라 사는 삶이라 귀결하며 자기 위안을 했다고 나는 감히 말하겠다.

조지훈도 ≪문장≫지를 통해 〈고풍의상〉과 〈승무〉를 발표함으로써 문단에 데뷔하였다. 조지훈 시인은 문단에 발을 들여놓은 데뷔작부터 관념적 철학이 스며있고 동양적 정서가 풍긴다. 고아한 멋이 풍겨난다. 사물의 본질이나 존재의 근본 원리를 사유나 직관으로 연구하는 정신이 깃들어 있다고 본다. 형이상학적 이미지가 뚜렷하다.

조지훈의 부친은 신문화를 접한 인텔리로 일본 동경에 유학까지 했지만 조부의 뜻에 따라 보통학교를 3년간 다닌 것을 제외하고는 정규 교육을 받지 못하고 조부로부터 한학을 습득하며 성장하였다고 한다. 17세에 대학 공부를 마칠 정도로 영특하였다.

학문의 기본소양이 잘 다져진 엘리트다. 한학을 연마하게 된 것이 그의 인격 형성이나 학문의 향방에 큰 영향을 주었고 또한 그의 시에 동양적인 교양과 편중한 시풍을 형성하는 데 밑거름이 되기도 했다고 볼 수 있다.

조지훈이 왕성한 시작 활동 시기는 워낙 시대의 흐름이 거센 물살 같은 때였다. 서구문물이 내한은 예술계에도 새로운 풍물로 자리매김하는 시기였는데 조지훈은 이때 보들레르, 도스토옙스키, 와일드 등 서구문학에 심취하기도 한다. 그렇지만 이 시기를 같이하여 문단에 데뷔해서 동양적 예술혼의 싹을 활착시킨다. 또한 시심이 한창 무르익을 나이에 산사로 들어가 불교 서적과 노장 당시를 읽으며 자기 침잠의 세계를 갖게 된 것이 그의 시로 하여금 자연에의 서경과 선에 대한 관심과 애착을 갖게 했다.

마음속에 떠오르는 사물에 대한 감각적 영상이나 심상인, 이미지의 세계를 존재의 의미로 엮어서 독자로 하여금 고풍의상의 주인공이며 승무가 되어 장삼자락 너울거리게 하는 착각에 빠지게 하는 마력이 있다. 정적이면서도 유장한 흐름을 독자에게 느끼게 할 수 있는 힘은 유려한 문장가이기에 가능했으리라 본다.

한 시인의 이미지가 데뷔작 몇 편으로 운위된다는 것은 결코 바람직하지는 않지만 조지훈의 경우 작품들이 20세도 채 안 된 약관의 나이로서는 뛰어난 조숙성을 보인데다 이 시편들이 우리나라 시 작품에서 손꼽히는 애송시가 되어 널리 독자에게 회자된 걸 감안한 다면 수긍이 갈 수밖에 없는 일이다. 그 후 30대에 나라의 전쟁을 겪으면서 대학 강단에 선다.

내가 조지훈에게 매료되는 것 중 하나는 외유내강형이라는 것이 다. 조지훈을 그렇게 평함에 주저하지 않는 이유 중에는 한국최대 의 환란인 6·25를 겪으면서 그의 참여정신을 들 수 있겠다. 몸과 펜으로, 당당하고 저돌적이었다.

절망하지 말라/ 이대로 바윗속에 끼여 화석이 될지라도

1960년대의 포악한 정치를/ 네가 역사 앞에 증거하리라/ 권력의 구둣발이 네 머리를 짓밟을지라도/ 잔인한 총알이 네 등어리를 꿰뚫 을지라도/ 절망하지 말아라 절망하지 말아라/ 민주주의여!
— 조지훈 〈터져오르는 함성〉에서

정적이면서 선비적 취향인 초기의 작품세계와는 달리 이후 자유 당 정권의 부패와 사회적 부조리를 맞으면서 투철한 역사의식을 내 포한 사회 참여시로 확대되어 그 시대에 있어 가장 용감하고 저항 적인 시혼을 발휘한다. 모든 지식인이 굴복하고 타협할 때, 시를 도로 해석했던 동양적 선비 전통에 단련된 조지훈의 진가가 유감없 이 나타난 것이다. 오직 이 땅을 유린하는 적을 분쇄하기 위해 포효하며 적진을 향해 나아가는 의기와 신념만이 넘치고 있다.

작품마다에서 보여준 일관된 정서와 연마된 불교적 관조인 선의 경지는 시에만 전념하기에는 처했던 조국 현실이 외면할 수 없는 상황이었고 민족문화에 대한 정열을 시 한 가지만으로는 완결할 수가 없었기에 조지훈의 심성에 중요한 바탕을 이루는 양대 지주가 된다.

6·25동란을 맞았을 때 그의 나이는 30세에 불과했다. 그럼에도 전란을 맞아서는 〈문총구국대〉를 조직 문단의 힘을 규합하는 데 앞장섰다. 이듬해 〈종군문인단〉의 부단장으로 전선을 따라 종횡했으니 작품을 떠나 한 문단인으로서의 지도력과 상황에 대한 적극적인 참여 의식을 십분 찾아볼 수가 있다.

전란을 맞아 기존 질서는 파괴되고 문학의 효능도 달라져서 조지훈의 시에도 새로운 양상을 보이기 시작한다. 1920년~1968년 일제강점기 비정을 타매하고 정의와 자유를 사수함에 그 자세가 도저하고 호흡이 줄기차며 호령이 서릿발 같았다. 그의 후기 시편 중에는 이러한 사자후가 많이 보인다.

생명이란 진실로 내 지난날 생각하던 것처럼 그렇게 가벼운 것은 아니었노라
총알이 옆구리를 꿰뚫어도 총알이 가슴에 박혀도 불타는 생명의 고집 그 오묘한 세포 속 구석구석 자리한 영혼을 샅샅이 명중하기

전에는 오직 적진으로 적진으로 달리는 부르짖음이 있을 뿐

　아 죽음을 홍모에다 비긴 자에게만 이 생명은 이렇게도 악착같았
느니.

- 〈전선의 서〉 전반부

조지훈 시인은 일신의 안일을 위해 불의와 야합하며 변절하는 당
시의 위정자와 지식인들의 작태를 대성일갈한 논설 〈지조론〉 또한
초기 시로 강하게 인상 지어진 시인의 이미지와 더불어 지조와 절
개를 강변한 지사의 이미지를 이 땅에 자랑스럽게 남겨 놓았다.

　주옥 같은 시들을 남긴 조지훈 시인. 48세의 아까운 나이로 유명
을 달리한 게 애석한 마음 가득하다. 그의 삶이 짧지 않았던들 후학
들은 그에게서 더 많은 교훈과 영향을 받을 수 있었을 텐데.

　조지훈의 짧지만 굵게 산 일생에서 그의 대표작 〈승무〉의 춤사위
는 허공을 휘저으며 세사에 시달려도 번뇌는 별빛이며, 얇고 가냘
픈 고깔 속의 여승은 훨훨 자유로운 나비로 화하는 모습으로 나타
난다. 작가자신의 영혼을 묘사한 것 같은 착각에 빠져든다.

　그에 반해 박남수는 고향을 떠나와 정착하지 못한 쓸쓸하고 외로
운 삶을 살았기에 작가의 '새' 이미지는 하늘의 이미지에서 땅의 이
미지로 추락한다. 즉 상승의 이미지에서 하강의 이미지로 변화되고
새의 천상을 향한 비약은 좌절되어 버림을 본다. 작가자신의 삶이
지표가 흔들려 끝내는 방황하는 넋을 떠올리게 한다.

박남수와 조지훈의 삶과 작품세계를 들여다보며 삶 속에서 녹아나온 작품성과 작품 속에 녹아있는 삶의 발자취를 새롭게 발견한다.

붉은 섬 완도

아침부터 햇살이 맹렬하다. 가히 살인적이다. 일사병으로 세 명이 사망했다는 조간신문 기사를 보며 오늘 여행길이 걱정되지만 더위가 뭐 대수인가. 어차피 인생은 여행길이니 집안에서 콩 볶임 당하느니 바깥바람 쐬며 더위와 맞닥뜨려 볼 심산이다. 며칠간 비울 집을 안팎으로 둘러보며 태양의 집중적 포화를 이겨내라고 늙은 호박뿌리에 물을 흠뻑 주는 것도 잊지 않는다.

여름의 시작이지만 더위에 지쳤던 몸은 거대한 카페리호가 펼치는 물보라 따라 훨훨 날아갈 것 같다. 뒤죽박죽 구르던 일상의 상념들도 이네들끼리 알아서 벌써 휴가 떠났는지 머리가 맑다. 여행은 몸과 마음이 가벼워져서 좋다.

완도행 선상에 자리 잡은 곳. 오붓한 공간인 방 한 칸에서 우리는 고스톱에 골몰해버린다. 도착까지 서너 시간을 치열한 신경전에 빠진다. 무슨 득실이 있을까. 결국 시간 죽이기뿐이었지만 무료했을 시간이 감쪽같이 흘렀다.

완도항에 내리니 걸쭉한 입심의 운전기사가 여행 시작의 전초전을 달군다. 남도여행은 먹을거리 탐색의 묘미가 있어 신이 난다. 푸짐한 밥상머리 밑반찬도 한몫 낀다. 우리 일행은 열두 사람밖에 안 되지만 나머지 공간엔 남도 육자배기장단처럼 구수한 기사의 유머로 넘쳐난다. 완도에서 태어났고 완도에서 생을 마치겠노라는 그 기사의 애향심 또한 본받을 만하다.

다도해의 끝자락 완도는 남해안의 꽃이다. 리아스식 해안이 굽이굽이 풍경을 이루고 호수 같은 바다에는 전복양식이 주를 이루고 있다. 굴이나 다시마, 미역 양식을 하기에도 좋지만 전복양식은 천혜의 자연 조건을 갖추었다고 한다. 가는 곳마다 '전복'이 들어간 간판이 즐비하다. 저녁만찬 메인요리는 전복회다. 신선한 바다냄새가 입안 가득하다. 전복의 쫄깃한 식감이 참기름 향기와 어우러지며 입속에서 환상의 감칠맛을 낸다.

제주와는 뱃길이 수월해서 매년 두어 번은 나들이 나오는 임의로운 섬 완도. 육지의 끝에 나뭇잎 하나 매달려 있는 형태지만 매력적인 섬임에 틀림없다. 많은 섬을 거느린 남해의 맏형이라 든든한 섬. 호수처럼 고요하게 보이지만 무수한 생명을 가꾸는 위대한 바다.

사시사철 잔잔한 해안을 끼고 도리 뱅뱅 도는 완도는 구불구불한 해안 덕에 안정적으로 수산양식을 하지 않나 싶다.

시계에 들어오는 바다 멀리까지 부유물이 어지럽게 널려 있다. 여기에도 혼란 속의 엄연한 질서는 있을게다. 어민들의 밥줄이며 생명줄인 바다에 걸어놓은 찌지. 바다는 그 부표들에 들물 날물로 격려하며 어민들에게 힘을 돋우어 주고 있겠지.

수산양식의 종류에 따라 바다 위에 띄우는 부표도 갖가지인가 보다. 바다 밭을 가꾸며 삶을 영위하는 어민들도 분할된 바다밭이 있다고 한다. 육지의 땅에 번지가 있듯이 바다에도 번지가 있는 모양. 부표에 문패처럼 이름을 써놓고 영역 표시한 것이 보인다. 공공의 질서를 지키고 영위하려면 내 것과 네 것의 구분은 분명 있어야겠지만, 이 바다 위에까지 부익부 빈익빈의 층위가 있는 건 아닌지. 분명 있을 것 같다.

온 섬이 구릿빛 진귀한 황토로 이루어진 완도. 수산 양식의 무서운 적이 적조 현상이라고 하는데, 완도의 황토는 이 적조현상을 예방하고 있는 것이다. 벌건 흙의 역할이 대단하다는 얘기다. 빗물에 씻겨서 바다로 흘러가거나 바람이 불어서 날리는 황토먼지가 정화작용과 기름진 바다를 만들고 있을 터이니 자연의 조화가 신기하고 고마운 일이다.

지금은 공업의 발달과 더불어 사람들의 무절제한 오폐수 생산과 처리과정의 문제로 바다가 몸살을 앓지만 황토가 있어 처방약으로 쓴다고 하니. 황토의 땅, 완도는 한여름 태양에 익어 구릿빛을 넘어 황금색으로 빛난다. 땅 끝자락에 대롱 매달려 있지만 영원히 황금빛을 잃지 않을 게다.

내 고향 제주도도 복 받은 땅이지만 조물주가 완도에 베푼 은혜도 한없이 크다는 생각이다. 잠깐 빌린 자연이다. 누리며 향유하고 있으니 감사한 마음으로 공손히 사용해야 한다. 우리의 사랑스러운 손자손녀들에게 깨끗이 쓰다가 대물려 주어야 하겠기에.

여행하면서 많이 와 닿고 느끼는 것이지만 나이를 더해가면서 자연이 우리에게 베푸는 은덕에 두 손 모으곤 한다.

신지도 아담한 다리를 건너니 명사십리 바닷가에 노을이 드리워지며 한 폭의 명화처럼 다가온다. 나도 한몫 끼고 싶어 물속에 발 담그고 포즈를 잡고 서녘 하늘을 바라본다. 남도의 열사흘 낮달이 해맑갛게 웃고 있다.

귀빈사에서 흄를 보다

민오름 등반길에 나섰다. 오르는 길목에 메타세쿼이아나무가 가로수로 잘 정돈된 숲길이 우리 일행을 반긴다. 이 나무는 공룡이 살았던 중생기에도 존재해 있었다는데 쉬 믿어지지 않는다. 살아 있는 화석이라 불린다지. 대지의 싱그러움에 더해 역사의 깊은 골짜기로 들어서고 있는 울렁거림을 순간 느낀다.

이미 오름 두 군데를 오른 터라 발목이 묵직하고 힘들었지만 민오름이 주는 어감 때문인가 그다지 높지 않을 것 같은 느낌이 든다. 억년을 지구와 함께 한 메타세쿼이아의 기가 피부로 전해와선지 발걸음도 가볍다.

버스기사이면서 오름 안내까지 해주시는 분이 민오름 오르기 전에 이승만 초대대통령의 별장을 보고 가자고 했다. 민오름에 대통령별장이 있다는 말에 호기심이 잔뜩 발동한다. 지금껏 가까운 거리에 초대 대통령의 별장이 있다는 사실을 몰랐던 내가 한심하다는 생각도 들었다. 빨리 보고 싶어서 잰걸음으로 일행보다 앞서서 갔다.

작년, 전두환 전 대통령의 별장이었던 청남대를 관람했을 때를 떠올려 본다. 꽤나 많은 시간을 할애하고서야 다 구경할 수 있었던 골프장, 연못, 건물 둘레의 산책로와 정원 등 화려하고 거대한 숲속 별장인 그곳을 둘러보며 대통령에 위상의 끝은 어디일까를 생각했었다.

기대 밖의 건물, 허탈감으로 실없는 웃음이 나왔다. 초라한 몰골로 오름 자락에 서 있는 대통령별장이라는 건물 귀빈사. 2004년에 제주도 문화재 113호로 지정되었다는 표지판이 나를 맞으며 멋쩍은 듯 외면한다. 별장은 제주시 구좌읍 송당리 민오름 초입에 삼나무로 사방이 에워싸여 있었다. 세월의 때가 덕지덕지 묻어서 부끄러웠을까? 아니면 이 험한 세상이 보기 싫었을까? 건물은 헐벗은 전라여서 숨은 것처럼, 허나 역사는 알려야겠다는 굳건한 의지도 보인다.

'囍囍' 쌍 희 자가 현관 오른쪽 외벽에 뚜렷이 새겨 있는 건물. 내 눈길이 닿기만 하면 글자들이 기쁘다! 기쁘다! 헛웃음을 날린다. 얼빠진 사람얼굴마냥 맥 빠진 건물과 주위의 고즈넉한 공기들은 멍

하면서 침울하다. 그 시절과 현재의 연결 끈이 안 보여 역사를 아리
송하게 만들어 버린다.

기쁠 '희' 자를 쌍으로 새겨놓고 나라님을 맞이했을 희희낙락했던
시절이 어딘가 남아 있을까 하고 깨어진 유리창 안으로 얼굴 디밀
어 보았지만 뽀얗게 내려앉은 먼지와 거미줄만이 나의 눈을 허무하
게 할 뿐.

이승만 대통령의 1958년에 지어서 별장으로 사용했던 '귀빈사'라
명한 그 건물은 제주 현무암으로 벽을 쌓았고 굴뚝은 대리석이 입
혀 있었다. 창문이나 현관문은 하얀 회칠이 돼 있었는데 반세기밖
에 흐르지 않았건만 낡을 대로 낡아 백골 송송한 모습이다. 현관
안의 주황색 줄무늬 커튼도 가관이다. 천장 벽에 매달린 핀이 서너
군데 빠진 채로 중간쯤 댕강 묶었다. 흡사 산골처녀가 멋대로 자란
긴 머리를 대강 묶어 뒤통수에서 덜렁거리는 모양새다. 인적이 스
쳐간 흔적 치고는 너무도 삭막하다.

여기를 과연 우리나라의 건국에 앞장섰던 초대 대통령인 국부의
별장이라고 말해도 될지 민망하고 죄스럽다. 별장을 떠받고 있는
곳, 마당 ─그렇게 밖에 표현 못하는 것마저 죄스럽지만─한가운데
의연히 서서 세인의 무관심을 지켜보았을 팽나무 한 그루가 그 동
안의 사연을 가지마다에 세월의 무게로 간직하고 있는 듯하다.

하지만 동쪽으로 뻗은 가지는 하 많은 사연을 버티지 못했는가,
땅에 드러누워 버렸다. 그 옹골찬 가지가 죽어버렸나 하고 가까이

에 가서 봤더니 그래도 춘삼월의 기운은 흐르고 있다. 땅에 우듬지가 처박혀 있지만 용하게도 부러진 윗가지를 대지가 받치고 있다. 꺾여서 접힌 나무거죽이 붙어있는 가지 끝으로 수액을 보내는지 새 순들이 맺혀 있지 않은가. 비록 가지 한쪽은 땅에 기울어 있어도 나무는 기품이 넘친다. 올려 보고 있으면 모든 걸 용서할 것 같은 장대한 나무다.

'역사는 과거와 현재의 대화이며 미래를 보는 거울'이라 한다는데. 부러지다가 몇 센티 붙어있는 나무도 수액을 소통시키며 부러진 가지를 살리는데. 소통의 길이 막혀 대화가 미치지 못한 귀빈사를 보니 씁쓸하다. 흔히 사람노릇 못하면 '짐승만도 못한 인간'이라는 말들을 한다.

오름 앞자락 평원에서 따스한 봄볕 아래 풀을 뜯고 있는 마소들. 그 짐승들은 우리나라 건국에 앞장섰던 초대대통령의 별장이 흉가로 변한 걸 보면서도 이러니저러니 판단할 줄 모른다.

소나 말에게 도리에 어긋난다거나 관용을 베풀지 못한다는 말을 쓸 수 없음이 여기에 있음을 우리 모두는 안다.

생명

　가을입니다. 오늘 성큼 다가온 계절을 맞이하러 자전거를 타고
가을맞이 나섰습니다. 시골 마을인 도련을 지나는데 황토찜질방의
장작 타는 냄새와 함께 애애한 공기가 아늑한 맛을 더 보탭니다.
자욱한 연회색 연기는 시월 서늘한 아침공기를 휘몰아 안고 어루만
집니다. 자연이 자연스레 내보이는 애무에 내 후각까지 흥분하여
벌름거리는군요.

　들판엔 억새들이 갓 피워 올린 보랏빛 치레머리 살래살래 흔들며
탄생을 자축하는 춤사위에 여념이 없습니다. 가을이 무르익을수록
시골의 정취는 더욱 빛을 발합니다. 아담한 돌담 집 마당가의 땡감
나무도 우듬지를 울담에 걸치고 불그레하게 익어가는 열매들 보살

피느라 한눈 팔 겨를이 없나 봅니다. 시골에서는 좀처럼 보기 힘든 자전거 라이딩족들이 지나가도 눈길 한 번 주지 않습니다. 떡 벌어진 어깨 펼쳐들고 쪽빛 하늘 보며 의기충천해 있습니다.

문득 달리던 자전거 멈추게 하는 게 있습니다. 알뜰한 농부의 손길이 머문 자리입니다. 미라같이 말라버린 고춧대. 뿌리를 내보이며 앙상한 몰골로 양지바른 울담에 기대어 선 채 새빨간 고추를 도드라지게 매달고 있습니다. 고춧대들은 빨갛게 익은 자식들을 자랑스레 내보이며 스치기만 해도 사르륵거립니다. 제 할 일에 최선을 다했노라고 살강거리며 으스대는 것 같은 품새입니다.

"나이스!" 하며 미소를 보냈습니다. 뿌리 뽑히고서도 열매를 빨갛게 익히려 애쓰는 고춧대를 다시 한 번 봅니다. 비록 뿌리는 뽑혔지만 마지막 남은 가지의 양분을 열매에 부지런히 보내고 있겠지요. 한쪽 울타리에도 며칠 지나지 않은 고춧대가 시들어가는 고춧잎을 매달고 거룩한 작업에 몰두하는 듯합니다. 가지마다엔 아직 빨갛게 물들지 못한 고추들이, 모태의 애씀을 아는지 모르는지 저들끼리 머리 맞대고 가을볕 아래서 졸고 있습니다.

푸르죽죽하던 고추를 빨갛게 익히며 삭정이로 전락하는 고춧대와 비교하니 순간 감나무의 의기양양한 모습이 거만스러워 보입니다. 살찐 가을볕과 기름진 대지의 영양으로 평화롭게 익어가는 감나무 열매들이 별로 대수롭지 않게 보입니다.

어느 해 여름, 제주도가 바싹 타들어 갈듯이 가뭄이 심하게 들

때였지요. 귤 농사를 짓는 농부들의 애도 타들어 갔습니다. 그해는 귤이 꽤나 많이 달려 풍년을 기약하였는데……. 안타깝게 귤나무에 수분이 부족해서 말라가는데도 농부들은 귤을 따지 않더군요. 내 생각에는 아깝지만 귤을 따버려야 나무가 회생할 기력을 찾을 것 같았습니다. 그러나 나무에게 수분을 공급하는 건 귤이라고 했습니다. 그 말을 듣고 열매들을 보니 한 알, 한 알이 그렇게 장해 보일 수가 없었습니다.

한낱 식물에게도 모태를 위해 희생하는 정신이 깃들어 있을 줄이야. 여름내 땅에 떨어진 퍼런 귤들이 과수원 바닥을 누렇게 만들었지만 나무는 회생하여 다음 해를 기약하더군요. 부모가 죽을 지경일 때 자식들이 몸속 영양을 가지로 보내고 나서 시퍼런 청춘에 낙과하고 마는 신세였지만 '멋진 결실이다.'라고 말하고 싶은 한 해였습니다.

식물 중에 담쟁이 잎도 낙엽 되어 떨어질 때 잎줄기를 남겨둔 채 마지막을 장식한다지요. 흙 한 점은 고사하고 물 한 방울 저장할 수 없는 콘크리트 벽을 기어오르며 가지 키우고 잎사귀 늘리던 모태의 정성을 아는지라 가느다란 잎줄기 한 가닥에 갸륵한 힘을 실어주고 떠나가는 것이겠지요. 얼마 없으면 건너편 아파트 울타리 벽엔 고슴도치 등 같은 담쟁이 줄기들이 보일 거예요. 담쟁이 뿌리는 악조건이지만 그 줄기에 있던 양분의 힘으로 혹독한 설한을 이길 용기를 얻는 것일 겁니다. 올해는 잊지 말고 다가가서 쓰다듬어

줘야겠습니다.

생물들이 삶을 곁으로만 훑어보면 사소하고 하찮게 보일지 모르지만 사랑이란 안경을 쓰고 들여다보니, 뭍살이들의 희생정신이 숭고합니다. 자연이라 이름 붙인 물과 흙과 공기를 영양분으로 먹는 뭍살이들이라 사랑법도 천연색입니다. 본연입니다. 당연한 진리더군요.

깊어가는 가을, 들녘의 목석초화가 나에게 가던 길 멈추고 되돌아보게 합니다.

금쌀

올해 金쌀을 수확해서 판매한단다. '천수금'이라는 화려한 이름에 걸맞게 가격도 걸출하다. 우리가 마트에서 사 먹는 일반미의 5배 가격이다. 1킬로 당 만 원을 웃돈다.

이른 아침 썰렁한 거실 바닥에서 신문을 들추다 '金쌀 나왔다'란 기사에 시선이 꽂혔다. '금 유기화 재배기술'로 생산한 일명 금 먹은 쌀이다. 획기적인 신농법이란다.

금 유기화 농법이란, 순금 덩어리를 전기분해 해서 2나노(얼마나 작은 알갱이일까) 이하의 크기로 쪼갠 뒤 특수 정제된 증류수에 녹여서 벼 뿌리에 흡수하도록 하는 재배방법이란다. 벼가 자라는 동안 네 번에 걸쳐서 金물을 흡수시켜서 생산했다는데 1킬로 당 93마이크로

그램의 금이 쌀 속에 함유됐다고 한다. 일 마이크로그램은 백만 분의 일 그램이다. 미세한 양이니 금색이 나거나 쌀알에 금가루가 박혀 있을 리 만무다. 어쨌거나 금은 체내에 흡수되면 노폐물을 제거하고 면역력을 키운다고는 알려져 왔다.

요새는 금이란 글자만 보여도 날개를 연상하게 된다. 그야말로 금값이 금값이다. 그런데 사천킬로의 쌀을 생산하는 데 금가루를 얼마나 뿌렸나 궁금하다. 내년이면 온스 당 1200달러까지도 오를 거라는 예측으로 세계의 금시장은 높은 파랑이 일고 있는 이때에 금쌀 생산으로 특허를 내다니.

경제도약이란 구호와 손 맞잡고 진보하는 과학이 종착역은 어딜까. 신기하다는 차원을 넘어 신비롭다. 우리 서민은 한낱 흥미 거리일 수밖에 없지만 국제특허도 출원중이라고 한다.

새로운 것에 도전하는 길은 험난하다. 전에 없던 것을 새로 생각해서 만들어 내거나 알려지지 않은 것을 찾는 개척정신이 있기에 인류발전의 끝은 안 보이는 것이리라. 이번 금쌀을 생산한 나노소재 벤처기업도 대단한 회사인 것 같다. 앞으로 다이아몬드 쌀을 생산할지도 모르겠다.

과학의 발달로 새로움은 하루가 다르겠지만 오늘도 신문 사회면엔 '농민을 위하여 쌀 소비를 권장하자'라는 기사도 보인다. 이래저래 힘든 농촌실정이 답답하기만 한데.

'金 유기화 농법' 채산성이 수지는 맞기는 할까. 논밭에서 노다지

캐는 농사법이라면 평생을 농사일에만 매달린 우리 부모님들 베갯머리송사 꿈이라도 꾸어볼 수도 있는 게 아닐까. 회갑 때 자식들로부터 받은 금가락지라도 빼서, 벼이삭에게 먹이고 내 새끼들만큼이나 소중한 쌀의 몸값을 올려보는 달콤한 꿈 말이다. 농사 지어놓고 대풍년이라서 더 깊은 한숨으로 지새는 한국농업의 현실 앞에 힘빠지는 마음이라도 달래게. 슬그머니 '못 먹을 감 찔러나 보자.'는 나의 배뚤어진 심사를 어찌할꼬. 일반 쌀과 모양은 똑같지만 찰기가 높고 씹을수록 단맛이 난다고 하니 호기심에 먹고 싶기는 하다. 여하튼 쌀도 금을 먹으니 금 먹은 값을 한다는 데야.

돔베고기가 뭐예요

장식장을 정리하다 한 장의 사진과 상패에 시선이 꽂힌다. 얼마 전 일인 것 같은데 그새 많은 시간이 흘렀다. 감물들인 개량한복을 다소곳이 입고 목에 길게 내려뜨린 명찰에는 '2004 서울세계음식박람회 조리경연대회'라는 글자가 선명하다. 그때만 해도 난 청춘이었구나.

그 큰 행사에 참가하게 된 건 우연이었다. 제주벚꽃잔치 부대행사인 '제주향토음식요리경연대회'에서 대상을 받은 경력으로 세계음식박람회 조리경연대회에 나갈 자격이 주어졌으니. 지금 생각해 보면 '하룻강아지 범 무서운 줄 모른다.'는 말이 딱 맞아 떨어진다.

항아리뚜껑 두 개와 도자기 굽는 데서 만들어 본, 손자국 덕지덕지한 접시에 양념종지, 전날 산에서 뜯어 온 너절한 야채들을 신문지에 둘둘 말아 여행용 가방에 챙기는 걸 보며 남편은 미덥지 못하겠다는 듯 걱정했다.

"서울 삼성 코엑스가 어떤 곳인지 아느냐."고. 그 말뜻은 준비하는 게 추레해 보였으니 한마디 했을 거다.

"비행기 타고 가서 2호선 전철 타면 도착하는 곳"이라고 너스레를 떨며 받아쳤지만 난들 왜 두렵지 않았겠나.

서울삼성코엑스 2층 인도관은 상상한 것 이상으로 드넓었다. 며칠간 치러질 행사 일정 중, 내가 출품하기로 한 날은 둘째 날인데 첫날 요리 경연했던 곳은 어수선했다. 각자 탁자위의 장식물들과 음식을 철거하고 있었다. 어떤 이는 탁자 전체를 납작한 수족관으로 만들어 앙증맞은 열대어들을 노닐게 해놓고 그 위에 요리를 진열 했었나 보다. 백만 원 가까이 투자했단다. 나는 감물 들인 무명천 한 폭만 가방에 쑤셔 넣었고 출품할 요리 또한 얼마나 촌스러운가. 좋게 표현하면 한참 뜨기 시작한 웰빙 참먹거리가 주안이니 투박하지만 정이 흐를 거라고 자위할밖에. 희망 하나도 '괜찮아 잘 될 거야.'라며 불쑥 고개 내밀었다.

요리를 전시할 탁자가 180×80이며 출품할 요리 이름과 조리법을 메일로 주고받기는 했다. 행사 개요는 대략 알고 있었지만 와서 보니 놀란 입이 다물어지지 않았다. 글로 쓰는 작문시험이라면 머릿

속에서 짜내어 보련만 실전에서는 시각적으로 오감을 만족시켜야 하는 게 최우선. 둘러보면서 깨달은 것은 출품할 요리 걱정은 내일 하기로 하고 오늘은 코디 준비다.

정신이 번쩍 났다. 두렵고 떨렸지만 호랑이 굴에 들어왔으니 어찌할 건가. 호랑이 눈보다 더 무서운 심사위원들 오감을 만족시킬 만한 꺼리를 찾아야 한다. 순간적으로 떠오른 발상은 간단명료했다. 한라산과 사면을 감싸 도는 해안을 표현해야지. 내가 출품할 요리도 제주해초를 이용한 비빔밥과 산과 들에서 뜯어 온 야생초에 돔베고기 쌈이 아닌가.

오월의 정기 머금은 야생초가 힘을 실어 줄 거야. 고향바다의 각종 해초나물들도 고유의 빛을 발하며 식욕을 돋우어 주겠지. 후식인 삼색 빙떡에게 산과 바다의 정취를 감싸도록 들러리 시키고, 야들야들한 메밀전병의 구수함과 담백한 무나물이 오묘한 조화도 이 참에 알리리라.

여행 가방을 안내소에 맡기고 재활용 거리를 찾기 시작했다. 마침 일식요리를 출품했던 사람으로부터 마대에 담아서 버리려는 조개껍질과 모래를 얻었다. 오늘 좋은 결과가 있었는지 하얀 이가 유난히 반짝인다. 여기저기 기웃거리며 버려지는 소품들 중 이끼도 한 줌 얻었다. 비록 쓰레기로 버려질 처지였던 것들이지만 나의 이야기를 대변해 줄 것들이기에 소중했다.

행사 당일, 내 몫의 탁자엔 한라산 자락 평원이 펼쳐졌고 어릴 적 발가벗고 뛰놀던 갯가가 있었다. 도마 모양 접시엔 '돔베고기와 제주야생초 쌈', 투박한 항아리 뚜껑에는 각종 해초나물이 보리밥을 중심으로 색색이 동그랗게 마주보고 있는 '제주해초와 보리밥의 만남'이 있었다. 선인장과 녹차 가루와 메밀 본연의 색인 '삼색메밀빙떡'은 제주 비바리처럼 야무지게 치마 사리고 앉아 구경꾼들을 맞았다. 즉흥적으로 꾸민 무대였지만 세 가지 요리는 나의 각본 따라 연출되어 제주 향토음식의 한 면모를 고스란히 드러냈다.

입장객들이 들어오는 입구 쪽에 자리 배정된 것도 행운이었다. 어마하게 화려하고 군침 도는 요리들이 즐비한 중간쯤에 끼였다면 내가 만든 요리에 눈길 한번 안 주었을지도 모를 일. 역시 여기에서도 제격인 말, '매도 먼저 맞아버리는 게 좋다'는 것. 입장료가 꽤 비싸다는 느낌이었지만 끝이 안 보이는 인파와 행사장 규모에 새삼 놀랐다. 그 많은 사람들이 들어 왔어도 질서정연해 행사의 수준과 품격을 내심 짐작케 했다.

"돔베고기가 뭐예요? 육 고기 같은데 어떤 동물이죠?"

열에 두엇은 질문한다. 제주도 방언인 돔베(도마) 위에 검은 털이 송송 박힌 삼겹살편육과 돌미나리, 돌나물, 오가피어린순, 산초, 두릅나물, 잔대, 더덕 순 등, 제주의 오월을 먹은 쌈 거리는 싱그러웠다. 요리 같지 않은 요리인 '돔베고기와 제주야생초의 만남'은 인기 짱이었다.

심사위원이 내 옷차림에 뭐라 하지 않아서 다행이기도 했다. 요리경연 자들은 하얀 가운에 모자까지 정결하게 썼는데 나는 제주 갈옷을 고집스레 입었으니, 감점 요인인 걸 알지만 출품한 내 요리에 힘이 될 코디 역할이나 톡톡히 해보자는 심산이었으니까.

토요일이라 오후에 행사장에 들른 현애 현주가 엄마를 응원하며 사진을 찍었다. 지금 와서 들여다보니 참 삼삼한 추억 거리다. 그때 사진을 찍었기 망정이지 기억 저편의 일이었는데…….

오후 네 시가 되니 시상식이 있다고 한곳으로 몰려갔지만 나는 두 딸에게 빨리 집에 가서 맛있는 거 해먹자면서 그릇을 정리하고 있었다.

"향토요리부문 강순희 씨 동상!"

"엄마 이름 부르는 것 같은데 가보자."

"아니야 그럴 리가…….''

저 먼 곳 시상식장에서 제주에서 같이 간 일행 중 한 분이 내가 있는 데로 달려오며 손짓한다. 어서 오라고.

"이런! 이게 꿈인가 생신가.''

맵시 흐트러질까 봐 통으로 만든 개량 한복치마가 달리는 데 방해가 됐다. 걷어 올리고 내달렸다.

이런 큰상이 내게 주어졌다니. '2004 서울세계음식박람회 조리경연대회'에 입상한 경력은 꺼내 볼 때마다 나를 부추기는 힘이 된다.

오늘, 그날의 감흥이 내 손 끝에 내려와 자판 위에서 흥겹게 뛰는다. 어제 일인 양 떨린다. 남편이 어깨너머로 한마디 한다.

"컴퓨터에만 매달리지 말고 봄나물 뜯어다 돔베고기 쌈 싸먹자."

6

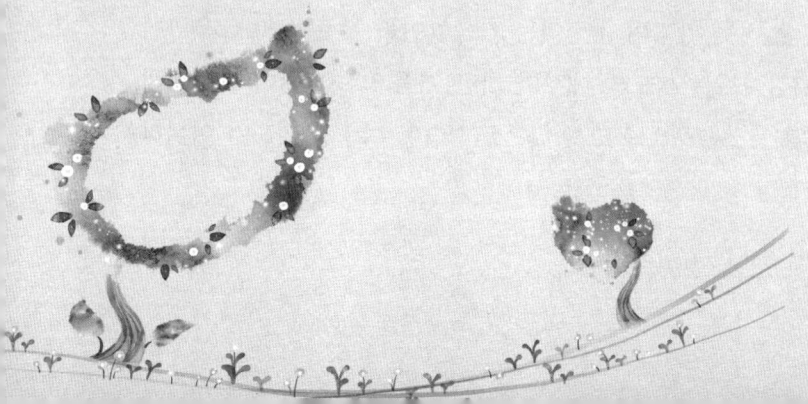

바다에 빠진 가을

　가을을 함빡 껴안고 있어서일까. 비취색, 늦가을 바닷빛이 유난히도 맑다. 어릴 적 여름방학이면 매일 거르지 않고 왔던 고향바다. 이 가을이 다 가기 전에 오길 잘했다. 갯내음이 한달음에 달려와 안긴다. 시월 보름 썰물 절기라서 바닷물이 멀찍이 물러가 있다. 우뚝 솟은 낯익은 바위가 보인다. 그 바위를 보니 고향 어른들의 한바탕 소동이 그끄저께 일인 듯 또렷이 떠오른다. 사십여 년이 지났건만 동네에서 일어났던 소동이 잊히지 않는다.

　바람은 놀리듯 파도의 울렁이는 가슴앓이를 부추겨댄다. 우람한 바위를 휘감아드는 파도의 애무가 하얀 거품으로 산산이 흩어져버린다. 바위가 스륵스륵 울고 있다. 소리치며 우는 건 파도가 아니라 현무암 갯바위다. 해님은 허공에 전신을 내맡긴 채 게슴츠레한 모습으로 늘 그랬다는 듯, 내려다볼 뿐이다.

언제부터인가 육지가 고향이라는 어깨가 우람한 아저씨가 우리집 가까운 곳에 묵었다. 밀원을 찾아서 다니다 우리 동네에 머무른 것 같다. 꿀벌 치는 아저씨가 여름내 그을린 얼굴로 초저녁 어스름에 동네 어귀를 어슬렁거리기 시작하면서 슬슬 이상한 소문이 나돌았다. 남편 없이 혼자 사는 길용이 어머니와 옥순이 어머니가 추문의 대상자들이었다.

갯것이반찬이나 한여름 보리타작 하자마자 만든 보리개역을 아저씨한테 건네주더라는 등, 별거 아닌 일상들이 감칠맛 나는 횟감마냥 여인네들 입에 착착 달라붙어 다녔다. 서로 머리끄덩이를 잡아 틀면서 싸웠다는 소문도 곁들여지면서. 두 여인을 놓고 쑥덕이고 흉보는 걸 들으면서 왜 남의 일에 그렇게 야단들인가라는 생각을 했었다. 옥순이 어머니는 남편이 소장사 한다고 육지를 들락거리다가 행방이 묘연해 버렸지만, 자식 둘 키우며 억척스럽게 살았다. 길용이 어머니도 4·3사건의 희생양이 돼버린 남편 때문에 외아들이 연좌제 피해를 입을까 늘 조신하며 평생 수절한 분이었다.

밀감이 노르스름한 때깔로 물들어 가던 어느 날. 낚시 갔던 사람이 앞바다에 썰물 때면 나타나는 그 바위를 껴안고 있는 사람을 발견했는데 벌치기 아저씨였단다. 죽으려고 바다로 뛰어들었다가 바위를 껴안고 있는 것을 발견해서 살렸다는 소문이 파다하게 나돌았다. 그런 일이 있은 후 아저씨는 보이지 않았다. 두 여인의 이야기도 동네 아줌마들의 입방아에 더 이상 오르내리지 않았고.

아니 땐 굴뚝에 연기 날 리가 없다는 속담처럼 추문이 사실이었을까. 그런 예감과 함께 어느 한 여인을 상대로 사랑 쟁취, 아니면 함께 육지로 가자는 남자의 간청을 뿌리쳤을지도……. 현실의 삶에만 집착한 모진 여인네 때문에 자살을 결행하려 했거나 혹은 으름장 놓았던 건 아니었을까.

마광수 작가는 성이란 신이 인간에게 내린 축복 중의 축복이요, 인간이 마땅히 쾌락으로 누릴 자유를 갖고 있는 행복추구의 한 행태라고 역설한다. 남녀 간의 섹스, 설혹 부부 사이가 아닐지라도 그 개인의 인권 문제라고 했다. 죄의식과 연결시켜 생각하는 사고방식은 모순이라고 하면서.

남녀 사이 사랑의 저울대를 성윤리와 정신우월주의 중 어느 쪽에 잣대를 들이대어 생각해 봐야 할지 혼란스럽다. 우리 동네에서 일어났던 일련의 사건이 손가락질당할 만큼의 불륜이었을까? 설령 그게 사실이었다 해도 동네 아줌마들의 입방아에 오르내렸어야 할 만큼 천박한 행동이었을까?

어쩌면 외로운 이성끼리의 애틋한 정이 불같이 타올랐던 순간, 생의 환희로 화사하게 피어나 삶의 기쁨을 주었을지도 모를 일인데. 사십대의 혈기왕성했던 아저씨는 지금 세월의 흐름 앞에 팔십 줄의 수염 허연 노인네로 변모해 있을 것이다. 길용이 어머니와,

옥순이 어머니 두 분은 저세상으로 가셨고.

뭇 남성과 뭇 여성의 스쳐가는 인연을 나쁘게만 바라보며 외설이라고 단정해 버리면 피워 보지도 못하고 시들어버린 로맨스가 너무 가엾지 않나.

사랑. 영원히 뜨거울 수만은 없기에 달궈 보지 못한 사랑일랑 가슴속 깊이 씨앗으로 품을 수 있었으면 좋겠다. 세월이 우리의 체온을 서서히 식히고 정열을 앗아갈지라도 언제든 그 사랑 다시 피어나게.

어스름 노을을 안고 집에 오니 세월을 온몸 가득 안아 등 굽고 귀 멀어버린 어머니가 홍시를 꼭지 떼어 내게 준다. 건네는 손목이 파들파들 떨린다. 기억 저편의 어머닌 여장부였는데. 여위어버린 손목이 잎 떨어뜨린 감나무 가지같이 메마르다. 홍시를 한입 베어 무니 벌꿀 같은 달콤함이 입 안 가득 차오른다. 다디단 맛이 목 안으로 빨려들며 울컥 설움이 치받쳐든다. 눈물샘을 건드렸나 보다. 실없이 마당으로 나섰다. 감나무 우듬지를 울타리에 내 맡겨버린 홍시들이 이 가을보다 더 깊이 농익었다. 언제 툭 떨어질지 아슬아슬하다.

세월은 속절없이 흘러만 간다. 이루지 못한 사랑으로 제각각 길을 달리한 이들도 한곳, 세월의 강물 따라 한없이 가고 있겠지. 무르익은 가을, 나도 모르게 애련, 우수, 우울 같은 낙엽들이 머릿속에서 우수수 떨어져 내린다.

석양 기울어 어스레한 가을바다, 더욱 적막하겠다.

바람도 풍경이 되는 섬 가파도

섬 속의 섬 가파도. 그곳에 서니 바람이 보였습니다. 5월의 마지막 날, 지척에 두고도 난생 처음 그 땅을 밟았을 때, 바다에는 바람의 부추김에 신난 파도가 꽃을 만발하게 피워냅니다. 갯바위 껴안으며 흩어지기를 반복하는 하얀 파도가 오월의 꽃 라일락을 닮았다고 일행들에게 소리쳐 봅니다.

해안에는 바람이 좋아 '바람 따라 자유의 삶을 사는' 갯무꽃이 내 눈길을 사로잡고 놓아주질 않습니다. 보라색 색종이로 솜씨 좋게 종이접기 해 놓은 바람개비를 닮았습니다.

해발 고도가 20.5m에 불과한 가파도는 모진 바람에 순응하려 납작한 가오리처럼 엎디어 있습니다. 섬 어디에 가도 그곳이 정상입니다. 가파도는 사시사철 넉넉한 모습으로 저를 보듬어주는 한라산을 우러르며 황금색 보리들을 시켜 연신 절하듯 몸을 뉘게 합니다. 산방산이 눈길 한 번 떼지 않고 호위하며 지켜줘서 암소 뿔이 오그라질 정도로 거세다는 바람에도 의기양양 지나온 세월이 끄떡없습니다. 게다가 송악산이 보내오는 눈길도 누나처럼 다정해 보입니다.

한낱 낙엽 한 장 바다에 떨어뜨린 것 같은 섬이지만 천여 년의 세월, 그 모진 바람 이겨온 당참이 있습니다. 아니, 바람이 풍경으로 온 섬을 떠돌며 명물인 청보리 너울 타게 합니다. 바다도 덩달아 춤사위로 길손들을 맞이하는 맞장구가 여간 살갑지 않습니다.

지금은 오월의 끝을 달리는 계절이라 황금색으로 무르익은 보리밭엔 풍요가 넘쳐납니다. 한낮, 탈곡기소리 멈춘 보리밭 고랑에는 마을 이장님 식구들이 모여앉아 점심을 먹고 있습니다. 풋풋한 푸성귀와 보리밥에 잘 익은 자리돔 젓갈 한 종지가 전부인 점심을 시골 밭고랑에 펼쳐놓았지만 그 어떤 진수성찬도 부럽지 않습니다.

잘 여문 보리 이삭들이 바람 따라 막바지 춤사위에 정신을 놓아버렸습니다. 옛날 하멜 일행을 표류하게 했던 가파도 파도의 역동적인 힘이 그들의 춤에서 느껴집니다. 파도가 심해서 가파도라 불린다지만 바람 때문에 파도가 격렬한 것이겠지요.

어디를 둘러봐도 나무가 보이질 않더니 해안가에 식재한 어린 해송이, 이 풍요로운 계절에도 힘겹게 버티고 서 있습니다. 바람막이

인지 파도막이인지 파란 차양 망사가 조금은 힘 보탬이 되나 봅니다. 해풍이 심한 해안가지만 솔 순이 돋아나 아기 손가락만큼 자랐네요. 묘묘한 얘기인지 모르지만 무럭무럭 자라서 푸른 솔 동산이 됐으면 좋겠습니다.

선생님 한 분과 자전거를 대여해서 섬 주위를 돌다가 서쪽 해안에서 유난히 눈에 띄는 곳이 있어 갯바위에 쪼그리고 앉았습니다. 온 천지가 오묘한 수석들로 깔렸습니다. 진한 노을빛 닮아 보라색 머금은 돌들이 일제히 내게 눈길을 주는 바람에 정신이 혼미합니다. 이 돌, 저 돌 하며 들여다보시던 선생님이 소리칩니다. 열일곱 살 적 첫사랑의 발자국을 발견했답니다. 영락없는 소녀의 발자국이 또렷이 찍힌 어른 손바닥만 한 돌덩이 하나가 선생님 배낭 속으로 모습을 감추어 버립니다.

갯가에서 자연이란 고귀한 이름으로 남아 있어야 하겠지만, 간절한 사랑에 늘 허기진 시인의 삶에, 실오라기 같은 숨통으로라도 위안이 되었으면 좋겠습니다. 옛 추억 때문인가 금시에 홍조의 소년이 되어버리는 선생님을 보며, 한 덩이 돌이 옛사랑을 떠올리는 묘약으로 탄생되는 순간을 부러움 반 시샘 반으로 쳐다봤습니다.

자전거 바퀴 속으로 달려드는 바람이 풀무질 하는 듯 나에게도 휘감겨 듭니다. 계절의 자양분을 흠뻑 먹은 살찐 바람이 나의 전신을 살살이 스쳐대는 유혹을 은근히 즐겨 봅니다. 달리는 속도에 따라 부드럽게 혹은 강렬하게 온몸을 쓸어주는 애무에 빠져드는 나.

벌건 대낮에 바람에게 당하는 야릇한 느낌…….

　가파도 바람 때문에 홀로 난봉나서 작열하는 태양 아래 발가벗겨
버린 느낌이 야릇합니다. 바람풍에게 희롱당하는 여인! 바람 불어
풍경을 만드는 곳에서, 바람난 여자가 되어 버린 나.

　찬란한 오월이 기우는 게 아쉬워 훌쩍 나선 길에서, 근육질의 바
람을 한가득 껴안으며, 생기 가득 찬 또 다른 나를 봅니다.

톨칸이에 여물 가득하네

섬 속의 섬 우도로 문학기행 나선 길. 추석을 갓 넘긴 산야는 홍시 익듯이 가을이 달아오른다. 성산포 항에서 바라보는 우도. 먼 바다를 응시하며 엎드려 있는 소의 형태가 오늘따라 더욱 뚜렷하다. 배의 선창에서 머뭇거리는 사이, 하선을 알리는 닻줄이 내린다. 그야말로 엎디면 코 닿을 거리지만 배릿한 해연풍과 함께 일탈의 후련함이 한가득 안긴다. 소의 목 줄기쯤인 포구, 천진항엔 아침나절부터 관광객들로 북적인다.

문우들과 나선 길엔 서로의 눈빛과 스치는 대화만으로도 달콤한 감성을 머금은 시어들이 너울댄다. 갯가에 핀 쑥부쟁이, 섬돌 옆에 다소곳이 고개 내민 숨비기 열매 몇 알, 홍조단괴 알맹이가 하얗게 빛을 발하는 해변에서 바라보는 바다. 이들이 보내는 유혹의 눈길에 빠져 황홀하다.

천진항에서 우측 해안도로를 따라 우두봉으로 가는 길목에 들어서니, 사방에서 몰려드는 문학의 향기라니. 그중 내 눈을 사로잡는 이름 톨칸이. 드러누워 있는 소의 머리 형태가 그럴듯한데 앞 해안이 소의 여물통을 닮았다고 해서 붙여진 몽돌 해변이다. 일명 촐칸이라고 불리기도 한다는데, 광대코지 밑으로 둥그스름한 바닷가에 몽돌들이 가득하다. 흡사 소 여물통의 먹이처럼.

저기 아련히 보이는 식산봉은 겨우내 소가 먹을 꼴이라는데, 파도가 소를 대신해서 톨칸이 속 세월을 되새김질하는 소리가 들린다. 해변으로 내려가는 길을 막아버려서 아쉽지만 자연보호가 우선이지 싶은 마음에 아쉽지만 발길을 돌렸다. 뒤돌아 다시 보며 그럴듯한 스토리텔링의 묘미를 눈으로 즐긴다.

또 하나 명물인 곳, 비와사 폭포 표시안내판에서 발길이 머문다. 폭포라 이름 했지만 내리쳐 쏟아지는 폭포 물은 고사하고 물 한 방울 떨어지지 않는다. 투박한 제주 말 줄임인 '비와사'. 외지인들을 어리둥절하게 하는 제주어지만 애교스러운 제주비바리를 대하는 듯 정겹다. 제주어의 '비가 와야 볼 수 있는 폭포'라는 뜻으로 표현한 착상이 기가 차다. 비가 와야 폭포행세를 하겠다니 비 오시면 장관을 이루겠지. 지금은 폭포 물줄기를 대신해 파란 허공이 바다로 쏟아진다.

비와사 폭포와 더불어 톨칸이를 중심으로 펼쳐진 신비한 비경과 풍광들은 화창한 가을 날씨와 어울려 제 맘껏 자태를 뽐낸다. 하늘도, 바다도, 톨칸이 둘레 풍광도, 조연인 듯 모두 주연들이다.

오름 정상부 능선에는 과거의 바닷길을 밝혀 온 옛 등대가 새 등대에게 임무를 넘겨준 뒤 한가롭게 오수를 즐긴다. 밤이면 서로 보듬고 눈 마주치며 외로움을 달래겠지.

등대를 뒤로하고 내려오는 가파른 길목 가에 보라색 쑥부쟁이가 피어 있다. 어렵사리 꽃피운 게 용하다. 여름내 몇 번의 태풍으로 해수에 말라버린 잎사귀 사이로 용케 피워낸 몇 송이. 이 꽃이 가련해서 전설을 떠올리게 한다.

대장장이의 열한 형제 중 맏이로 태어난 쑥부쟁이라는 처녀. 사랑하는 이를 위해 마지막 남은 소원으로 연인을 보내 버리고, 사랑을 잃은 외로움에 상심하다 벼랑에 떨어져 죽었다지.

이곳에 피어난 꽃을 그 아녀자의 혼이 서린 꽃이라고 해서 쑥부쟁이라고 불렀다고 한다. 가을이면 지천으로 피는 꽃이지만 이곳 우두봉 능선에선 왜 이리 슬프게 보일까. 아마도 우두봉 아래편에 있는 죽은 자들을 바라보며 꽃피워서 그런가.

중앙화구인 알오름과 그 주변 사자死者들의 안식처인 묘지들이 즐비한 모습과 보랏빛 꽃잎의 대비가 가슴 서늘하게 한다. 능선에 핀 쑥부쟁이는 우수에 잠겨 있고 무덤 밭은 가을볕 아래 청랑하나 무겁다.

정상부의 해안경비시설을 우회한 뒤 능선을 따라 내려오니 검멀래 해안이 나온다. 역시 여기는 관광객들이 많다. 검멀래 해안이 밀물 때를 맞아 물속에 잠겨 있다. 무수히 찍힌 발자국들을 물결은 곱게 단장하여 조만간 검은 비로드 같은 얼굴 내보일 게다.

　　검멀래를 지나니 사이판 해변에 견주어도 손색이 없다는 하고수동 해수욕장. 물이 에메랄드빛이다. 가을이라 더 파란가. 어느새 하오가 이슥했다. 마지막 코스인 서빈백사에 서니, 우도 방문 선물인가. 해님이 내 그림자를 홍조단괴 알갱이마다에 모자이크 해준다.

　　온 섬을 감싸 도는 너울 타고 해녀들 숨비소리 애련케 들리지만, 섬 안에선 신명난 휘파람 되어 사람들을 부르는 곳.

　　우도엔 관광객 그득하여 풍요 넘친다.

열세 살 학동 아버지

그새 오십 년 가까운 세월이 흘렀네. 개교 백 주년을 맞아 모교를 방문한 날. 줄달음쳐 내달리던 운동회날처럼 설렌 추억들이 여기저기 보인다. 운동장 초입의 팽나무도 기다렸다는 듯 나를 반기네. 백년전통을 지닌 모교의 교목답게 세월의 무게 덧입혀져 위풍당당하다. 초등생 때도 넘보지 못할 만큼 거목이었는데, 더욱 굳세고 꿋꿋해졌다.

그 그늘에 서니 지금은 흔적 없이 사라진 고향집 초가 울안에 온 것처럼 안온하다. 두 그루 팽나무가 어깨 우람했던 아버지와 젖 냄새 배릿하게 스며있는 어머니 품처럼 다가온다. 두 분의 모습이 서려 있다. 다정히 손잡은 듯, 서로 보듬어 안기라도 한 듯 초연히 서 있는 한 쌍의 나무. 한평생을 동고동락한 부모님을 닮았다. 거칠한 나무거죽이 생전에 부모님 손바닥 같아 한 아름 품어 안고 토닥여 본다.

어머니나무는 갖은 풍파 이겨 내며 요보록소보록* 잔가지 어우르고 덧 키워서 우듬지 넉넉하다. 덕망과 자애가 흐른다. 아버지나무는 삶의 무게 떠받히며 버티고 선 굵은 허리와 넓은 어깨 휘두름이 허공 위에 의연하고 당당하다.

고향은 영원한 종교라고 한다지. 어버이로 다가오는 나무들에서 거룩한 신심이 우러난다. 부모님은 돌아오지 못할 먼 나라로 떠나가셨지만, 배움의 길로 첫 걸음마 내딛었을 때부터 나를 줄곧 맞아 준 나무들이나마 건재하니 고맙기 그지없다. 연약하고 철없어 천방지축이던 나를 늘 바라보며 기를 북돋아주어 오늘에 이르렀거늘.

그 그늘에서 친구들과 온갖 놀이와 수다 떨며 받아 마신 들숨의 맛을 이제야 알겠네. 술래 되어 나무 등에 얼굴 묻고 있으면 친구들 숨은 곳을 슬며시 일러 주기도 했었지. 수업시간이 지루해서 바다로 고개 돌리면 똘똘 말려드는 은물결이 내 눈 속으로 달려들었어. '책 덮고 어서 달려오라.' 유혹하던 얄궂은 백사장도 오늘따라 교정을 떠받고 듬직이 앉아 있다.

칠월이라 말갛게 익어가는 청포도처럼 싱그러움으로 충만한 교정, 눈길 가는 곳마다 고사리 손자국들 가득하네. 한낮 옥색 하늘 벌판도 한없이 드넓다. 개교 일백 년이라는 나이테 속에 내 풋풋한 시절, 유년의 보물인 여섯 해의 시간이 들어 있음도 가슴 벅차다.

개교 백주년을 기념하며 마련해 놓은 전시실에서 흑백사진 속 빛바랜 추억들이 되살아난다. 역대 졸업생 사진 속에서 열세 살 적에 머문 아버지를 보았다. 집에 졸업사진이 없었으니 처음 보는 학동 아버지. 육십여 년 전 소년이 내 눈에 잡히다니. 신기하다. 금세 알아볼 수 있었던 눈 맑으신 아버지. 우리 집에서 일생을 마감한 황소도 늙어 비틀거렸어도 눈매만은 성글성글했던 게 생생한데, 딸이 아버지를 못 알아 볼 리 있으랴. 보고프고 그립고 애석하다. 경사스러운 날에 희비가 한통속되어 내 주위를 맴돈다. 오늘 같은 날, 아버지랑 함께할 수 있었으면…….

역대 졸업생들 틈에 열세 살 아버지와, 그 나이 적 내가 개교 백주년 행사의 일원인 타임캡슐에 담겼다. 한 켜의 역사로 매설되는 걸 지켜보며 감회에 젖어든다. 삼십 년 후에 개봉한다는데, 아버지를 지상에서 다시 만날 수 있을까. 아무려나. 여기 모교에서든 아니면 아버지 계신 머나먼 그곳에서라도 만나 뵐 수 있기만을 기원할 거야.

한 세기를 기리고 백 년을 갈무리하는 날, 길 건너 백사장 은빛모래가 다음 백 년을 기약하는 팡파르인 듯 하얀 음파 터뜨린다. 교정의 터줏대감인 팽나무 두 그루도 울울창창한 잎사귀 흔들며 흥을 돋운다.

열세 살 학동인 아버지와 상봉해서 감격하고 모교 백년의 역사에 가슴은 벅찬데, 칠월 햇살 때문인가 눈 따갑고 콧등까지 시큰하다.

* 요보록소보록: 알뜰살뜰의 제주어.

저 어린 상수리 나뭇잎 신통하네

　아침 솟아오르는 태양의 열기가 제법 녹록지 않다. 꽃샘이 물러
갈 모양이다. 한겨울보다 더 춥게 느껴지는 꽃샘 때문에 이십여 일
동안 운동은커녕 산책다운 산책도 제대로 하지 못한 채 지냈다. 앞
뜰에 자목련도 도도록하게 야물었다. 그에 뒤질세라 길 건너 아파
트 단지에는 수령 느긋한 벚나무 가지에 파스텔 톤 분홍 물이 들었
다. 조그만 꽃봉오리들이 머지않아 버찌물감 들이고 세상에 나오려
바지런 떨고 있으려니.

　불현듯 조바심이 일었다. 꽁꽁 닫아 놓은 집안에 틀어박혀 나만
봄맞이 못한 것 같은 생각에 황망히 길을 나섰다. 우리 집 근처에
바다를 끼고 마주보며 펑퍼짐하게 둘러 앉아 있는 사라봉과 별도봉

은 두어 시간 운동코스로는 최적지다. 한길을 벗어나서 우당도서관 쪽으로 이르는 길 건너편에 현수막이 눈길을 끈다. 음력 열나흘 날은 '영등할망 송별굿 맞이'라 쓰여 있다. 내일이 그날이다.

아하! 꽃샘도 다 사연이 있었구나. 사람들로부터 구박을 받으면서도 쉬 떠나지 못한 사연 말이다. 제주에서는 영등할망이 음력 이월 초하룻날 내려와서 음력 이월 보름날 떠날 때까지는 날씨도 변덕이 심하고 나쁘다고 한다. 요사이 십여 일간, 날씨를 관장하는 신도 영등할망을 좇아서 제주 곳곳을 둘러보느라 같이 부산을 떨었나 보다. 내일이 지나면 꽃샘도 홀연히 자리를 뜨겠지.

역시 사라봉은 운동을 겸해 산책하기에는 몸과 마음과, 눈이 즐거운 곳인 게 분명하다. 수평선으로 눈을 보낸다. 아스라이 관탈섬과 추자도와 남해안의 섬들까지 어렴풋이 내 시야에 들어왔다. 상쾌한 기분에 허리를 굽혀서 두 다리 사이로 멀리 수평선을 봤다. 청청한 바다가 허공 위에 떠 있다. 가뿐하게 바다를 들어 올려서 폭신한 허공의 배 위에 올려놓은 형상이다. 순간적인 착각이었을지라도 자연의 오묘함이 영상으로 흐른다. 잠깐 고개만 숙였을 뿐인데 하늘, 바다, 허공이 뒤바뀜이 신비로워서 다시 한 번 고개 숙여 세상 거꾸로 보기를 해본다.

허리를 굽히고 다리 사이로 얼굴을 들이밀어 본다. 좀 전에는 보이지 않던 조그만 나무 한 그루가 낙엽을 수북이 달고서 내 시야를 가려 버린다. 북풍이 휘몰아칠 것 같은 벼랑 쪽에 1미터가 될까 말까 한 어린 상수리나무가 싯누런 낙엽을 매단 채 서 있다. 서서 사방을 볼 때는 드넓은 태평양과 수평선이 내 눈을 장악해 버려서 그 하찮은 나무는 안중에 들어오지 않았었나 보다. 가파른 벼랑 쪽이어서 조심스레 내려가 아주 가까이에서 어린 상수리나무와 그 낙엽을 보았다.

경이롭다. 태평양의 그 모진 북풍을 어찌 견뎠을꼬? 추위 속에 연약한 잎눈을 보듬어 감싸고 있는 바삭하게 말라버린 낙엽들. 손으로 낙엽을 떼어내 봤더니 맥없이 손 안으로 구른다. 잎이 떨어져 나간 곳에는 침봉보다 조금 굵은 앙증맞은 새싹이 봄볕에 얼굴을 내보인다. 수줍은지 간지럼 타는지 돌돌 말린 잎 자락을 더욱 여며매는 것 같다.

아직까지도 끝내면 안 되기에 제 생을 모질게도 버텨온 상수리나무의 바삭 마른 낙엽. 이 꽃샘추위가 가시면 며칠 안에 땅에 떨어져 어린 나무의 자양분이 되리라. 겨우내 가지에 매달려 지냈기에 바스라질 것 같아도 그게 아니다. 아직도 강인한 어머니 손이다. 한겨울 찬바람 막아주느라 생명의 피는 흐르지 않건만 꿈틀꿈틀 핏줄 선 손을 펴서 북풍바람을 막아 주고 있는 어머니! 저 어린 상수리 나뭇잎!

상수리 어린 나뭇잎이 아니, 낙엽들이 아직도 어정거리는 꽃샘바람에 소소소~ 노래하듯 소리내며 서로를 격려한다. 머지않아 맞을 안식의 기도를 하는 것 같다.

목장소녀와 오름 동경

햇살이 고운 날, 백약이 오름을 등반했다. 오름 오르는 길목엔 이제 막 피기 시작한 억새꽃이 비단결처럼 곱다. 윤기가 자르르 흐르는 자태가 방랑벽을 타고 난 것처럼 피자마자 갈바람에 흔들린다. 그 억새 덤불 사이로 큰 엉겅퀴꽃 한 무리와 쑥부쟁이며, 며느리밑씻개가 기세 좋게 뻗어 오르고, 앙증맞은 개미취랑 들국화가 제 향에 취한 듯 몽롱한 자태로 살찐 햇살을 온몸에 바르고 있다.

여인의 둔부처럼 넉넉한 선이 눈길을 당기는 자태 못지않게 예부터 백 가지 약초가 있다는 데서 유래되었다는 오름 이름에 걸맞게 가을꽃들이 능선에 그림처럼 깔려 있다. 오르는 내내 가을의 정취를 한가득 안겨 준다. 오름 능선의 야생화 못지않게 능선 아래 평원에는 오십여 마리의 누렁소들의 모습도 한참 동안 내 눈길을 묶어 놓았다. 어쩌면 하나같이 가을의 살찐 햇살 아래 더욱 돋보이는 황금빛 누렁이들인지, 새벽 부두에서 한 그물에 걸려 쏟아져 나온 고등어같이 그 품새들이 닮아서 기가 찰 지경이다. 그중에는 유유히 풀을 뜯는가 하면 오수를 즐기느라 가을볕에 육중한 몸을 내맡기고 드러누운 놈도 더러 있다.

　누렁소들을 보니 불현듯 첫 생리를 치렀던 아픈 기억이 어제 일같이 선명히 떠오른다. 그때도 이렇게 화창한 가을날이었다. 중학교 일학년 찰랑머리가 요새 피어난 억새꽃처럼 윤기 흐르던 사춘기 시절. 그때는 동네에서 쉐 고꾸는 날을 정하여 집집마다 돌아가면서 동네 소들을 모아놓고 오름 멀리 풀 먹이러 나갔었다.

　이른 아침에 집집마다 소고삐를 풀어 놓으면 신기하게도 동네 어귀에 알아서 다 모여든다. 그러면 소들을 건사할 당번은 하루 종일 들로 나가서 먹이가 풍성한 곳으로 몰고 다니며 풀을 뜯게 하고 물도 먹이다가 오름이 노을에 잠길 즈음 집으로 몰고 온다. 그야말로 소 배통이 터지기 일보 직전까지 불게 하면 의기양양 소몰이 소리를 내지르면서 집집마다 몰아넣고 하루의 임무가 끝나는 것이다.

　그날도 우리 집이 쉐 고꾸는 당번이 되어서 나는 아버지하고 같이 보리밥과 된장, 오이를 망태기에 담고 따라 나섰다. 어른 한 사람이면 소 삼십여 마리 건사하는 건 문제없지만 아버지는 소들을 풀 뜯을 장소에 몰고 가서 나한테 맡기고는 밭갈이인지 무슨 딴 일을 하실 생각으로 나를 대동시킨 것 같다.

아버지가 계실 때에는 얌전히 풀을 열심히 뜯기만 하던 소들이 어느 정도 배가 불렀는지 어떤 놈은 내달리기도 하고 뿔을 맞대고 싸우며 날뛰기 시작했다.

너무 당황스럽고 겁이 났다. 그런 경황없는 와중에 치마 속으로 뭔가 축축하고 끈적끈적한 느낌이 왔다. 그렇지만 힘센 황소들이 서로 날뛰며 천방지축으로 달려 나가는 통에 신경 쓸 겨를이 없었고 화창하고 소슬하게 부는 바람은 얼마 안 가서 축축한 기분을 말끔히 말려 주곤 했다. 소들이 무리 밖으로 흩어지지 않도록 이리 몰고 저리 몰면서 뛰어 다녔으니 사타구니 양쪽이 따끔거림은 이루 말할 수가 없었다. 요즘같이 부드러운 속옷이었으면 그래도 덜 스쳐서 아프지는 않았을 걸. 그때만 해도 어머니가 만들어 준 속옷을 입는 시절이었으니 텁텁한 광목천에 눌어붙어 딱딱하게 말라버린 혈血 덩이는 걸 때마다 나의 사타구니를 사정없이 할퀴었다.

사실 나는 여자의 생리에 무지몽매하지는 않았다. 어쩌면 다른 또래의 친구들보다 일찍 알고 있었고 생리대도 야무지게 미리 준비해서 시렁 뒤 깊숙이 잘 감추어 두고서 그날을 일찍이 기다려온 터였다. 그렇게 미리 알고 준비할 수 있었던 건 두 살 터울인 언니가 있었기에 일찍 깨칠 수 있었다.

초등학교 오학년인 나는 중학교 일학년 때 배울 여자의 생리 현상을 벌써 알았었다. 그 시절엔 독서할 책들이 워낙 귀해서 새 학년이 되면 신났었다. 언니의 책까지 볼 수 있었으니 학년 초만 되면 책 읽느라 집안일을 소홀히 해서 어머니의 불호령 소리에 주눅이 들곤 했다. 국어 도덕 가정 등이었지만 그중에 언니가 중학생이 되면서 받아온 가정책에 눈이 번쩍 뜨였다. 여자의 생리에 대한 내용이었다.

그때만 해도 여자들이 발육이 늦어서인가 빠르면 열두 살부터 생리를 하기 시작하고 생리대 재료에서부터 알맞은 크기까지 가정책에 소상히 나와 있었다. 야릇한 흥분 같은 느낌과 아무도 곁에 없건만 수줍어 빨개진 얼굴로 콩콩거리는 가슴을 억누르며 몰래 읽었던 기억이 새롭다. 요새는 생리대를 시판하는 걸 사용하지만 그 시절은 일회용으로 사용해서 버린다는 건 상상할 수도 없는 시절이었으니 세월의 격세지감을 느끼지 않을 수 없다.

하루는 어머니가 소중히 다루는 궤 속에서 하얗고 야들야들한 흰 무명천을 발견했다. 빨간 천과 노란 천, 그리고 파란색 천과 함께 곱게 접어서 궤 한 귀퉁이에 가지런히 놓여 있는 보드라운 천. 내게 꼭 필요한 물건을 발견한 순간의 달뜬 그 기분, 지금도 역력하다. 언니의 가정책에 표시된 크기로 하얀 천을 잘라서 종이에 똘똘 말아 시렁 위 궤 뒤쪽에 몰래 숨겨 놓은 나.

그 후 한 달쯤 지나서 집안에 작은 소동이 일었다. 어머니께서 "참 이상도 허다. 물색 천이영 곳지 놔둔 천이 어떵 허연 어싱고? 모슬 가젠 떠다 논 천이 없어져 부렸져." 마음은 두 근 반 서 근

반 마구 뛰었지만 이실직고하며 꺼내 드려도 조각난 가제천은 아무 쓸모도 없을 테고, 욕먹을 바에야 모른 척할 수밖에.

일 년간 액운을 막아달라고 빌 제물을 내가 가로채 버린 거다. 어머니는 매년 정월달에는 집안의 안녕을 빌기 위해서 할망당엘 다녀왔다. 그때는 제물과 함께 신에게는 돈인, 가제 천을 색색이 준비해서 신께 바쳤다. 물론 그 후에 안 사실이지만. 그런 귀한 천으로 이년 전부터 준비해 놓은 나의 경건한 성인 의식절차 준비는 때를 잘못 만나서 나에게 심한 상처를 주면서 혹독한 쓰라림으로 왔다.

그 기억을 더듬노라니 잠깐이나마 백약이 오름 오르면서 보이는 며느리밑씻개풀이 꺼칠함이 더 따갑게 느껴지고 엉겅퀴 꽃무리 가시들을 쳐다만 보아도 따끔거리게 느껴졌다.

하지만 가을 정취를 만끽하며 정상에 올라 어머님 품처럼 넉넉한 분화구를 가슴 한가득 안으니 어구적 거리는 걸음으로 집에 왔어도 어머니께 말하지도 못한 나의 수줍던 열네 살 소녀 적 아픈 기억이 달콤한 추억으로 다가와 웃음이 나온다.

그날의 혹독한 성인 의식절차를 잘 치른 덕택에 삼남매 낳으면서도 병원 신세는 딱 하루면 족했고 아직까지는 여성으로 태어난 것에 대하여 감사하며 후회해본 적은 더구나 없다. 다만 반갑지 않은 동행자인 갱년기가 나를 몇 년째 괴롭히는 게 얄궂을 뿐.

하지만 첫 생리의 시작이 다시 여자로 두 번째 태어나는 의미였고 행복한 여자의 삶을 나에게 준 것처럼 갱년기도 나의 인생길에

같이해야 할 동반자가 아닌가. 잘 타이르고 달래면서 같이 동행해야 하는 걸 알고 있으면서도 부질없는 푸념 소리를 내지르곤 한다.

분화구 안이 능선보다 따듯한지 야생화가 더 곱게 피었다. 백약이 오름을 오르는 동안 백 가지 풀잎을 씹으면 한 가지 소원이 이루어진다기에 씹어 보는 풀잎마다 어린 날 향수가 짙게 피어오른다. 첫 생리의 쓰라린 기억도 청량한 하늬바람에 씻기니 소녀 적 꿈꾸던 시어들이 입가에 맴돈다.

문득 백수 정완영 시인님이 생활 철칙으로 삼으시는 불교경전의 심우도를 인용한 글이 생각난다. 소 세 마리를 정성껏 키우신다는 양생養生, 양노養老, 양사養死라는 소 이야기다. 생을 아끼고, 늙음을 아끼고, 죽음조차도 잘 타이르면서 아끼라고. 그 본바탕엔 자기 마음을 잘 다스리고 아껴야 한다는 의미이겠지.

결실의 계절이기에 성스럽다. 소멸의 계절이니 더욱 성스럽다.

(2008년 ≪수필과비평≫ 등단작)

파열

"여보, 차 트렁크 열어 봐. 며칠 전에 친구가 양배추 줬는데 깜박했네."

4월인데도 대낮에는 여름 못지않게 무더우니 많이 상했을 거라 짐작하며 승용차 뒷문을 연 순간, 후텁지근한 열기가 얼굴에 확 끼얹어지고 양배추의 형체라니.

상하기는 고사하고 새로운 생명들이 움트느라 야단법석이다. 내벌려져 난장인 겉 잎과 단단한 덩이의 벌어진 잎 사이에는 엄지손가락 굵기의 꽃가지들이 솟아오르려는 게 도드라지다. 뭐가 그리 급해서 생살 찢으며 꽃대 들어 올리려는 걸까.

양배추가 결구되면 얼마나 단단한가. 던져도 잘 터지지 않았을

덩어리의 갈라진 틈새로 꽃가지들은 대궁을 꼿꼿이 세우고 의기양양한데, 살 찢어지는 소리가 들리는 듯하다. 잎 사이에 맺힌 물기는 피일지도 몰라.

차 트렁크 바싹 마른 바닥에서 며칠을 지낸 양배추의 파열을 모정이란 눈으로 보니 숙연하다. 죽기 전에 꽃피우고 열매 맺으려는 식물의 본성 너머 모태의 결연한 의지가 보인다. 양배추를 싱크대 볼에 올리고 수돗물을 트니 몸통이 더 벌어진다. 웃는 걸까. 우는 걸까.

나도 생사를 오가는 순간을 겪으며 세 번의 파열, 그랬다. 나의 분신을 세상에 내놓으려 악 받치게 힘을 다했을 때, 먼 듯 아련히 들린 '퍼~엉.'

파열음과 함께 열 달 동안 아기와 같이 했던 자궁 속 생명의 물은 울컥 내뱉어져 가제에 스며버리고, 세 번째의 산고 끝인 4월. 염원하던 아들을 내 품에 안았다.

숨 막히게 몰아치던 안간힘과 공포는 거짓말처럼 사라져 버리고 아가의 첫울음은 밤하늘에 불꽃같이 황홀했었지. 폭죽 관을 통과한 불꽃처럼 모진 고통의 끝은 환희였는데……

계절 탓이다. 양배추의 파열은.

"4월이 왜 잔인한 줄 알아. 기억과 욕망을 깨우기 때문이야."

움트고 살아나서 꽃 피워 열매 맺어야 한다는 기억 깨우기와 욕망을 부추기는 4월. '황무지' 작가 T.S. 엘리어트의 '생산이 없는 성과 재생이 거부된 죽음'의 암울함을 떠올려 본다.

　그러나…….

　삭막한 환경이지만 온몸 부서뜨린 양배추에서, 순리와 계절에 순응하려는 자연의 거룩함과 완강한 힘을 본다.

　순정한 꿈을 담은 꽃대에서.

7

가버린 봄날

〈봄날은 간다〉는 진씨 할머니 십팔 번이다. 노래 부르는 분위기가 있는 곳이면 할머니는 항상 이 노래를 불렀다. 언젠가는 "연분홍 치마가 봄바람에 휘날리더라~"를 구슬프게 부르다 감정에 겨워 흐느끼는 바람에 주위를 숙연케 만든 적도 있다.

우연한 기회에 속마음을 털어놓으신 할머니. 이 노래를 즐겨 부르는 사연을 나의 직감으로 엮으며 많이 울었다. 할머니는 담담히 묵은 먼지 털어내듯 속내를 툭툭 내던졌지만, 할머니 속울음이 마른기침으로 컹컹거려서 더욱 슬펐다.

나에게 딸이었음 좋겠다고 하면 딸 노릇 못해서 죄송하다고 지나가는 말로 대답했었는데. 자식 하나 없이 홀로 맞은 노년이니 눈물도 여리련만, 여느 어머니들이 그러하듯이 딸 같은 내게는 약한 모습 보이기 싫었나 보다.

올해도 어김없이 제주의 사월은 오고 있다. 우연찮게 장사익 씨가 열창하는 〈봄날은 간다〉를 들으며 진씨 할머니를 그린다.

멋쟁이 할머니는 손재주도 좋으셨다. 물색 좋은 천으로 엔간한 치마는 만들어 입곤 했다. 밑반찬 몇 가지 들고 호들갑스레 할머니를 부르며 문을 두드리면 십중팔구 손수 만든 고운 색 치마에 머리 두건을 쓰고 계셨다. 특히 머리에 쓰는 두건은 각양각색이라 입는 옷에 맞추어 쓰면서 멋을 부리셨는데……

만물이 소생하는 봄이면 유독 머리에서 손을 떼지 않았던 진씨 할머니. 뽑혀 나간 민머리에도 며칠만 지나면 엉컹퀴 가시처럼 머리털이 소복이 자랐다. 뽑힌 자리에 줄기차게 솟아오르는 새 머리를 보면서 이유를 모를 때는 피부병이 들어서 머리털이 미어지나 했다.

훈풍 따라 아지랑이 아른거리면 한 칸짜리 할머니 문간방에도 봄 햇살 따스했건만 4월의 악몽이 지미봉 기슭 타고 다랑쉬 오름 넘어 어김없이 할머니에게로 달려왔나 보다. 할머니 머리털이 하루가 다르게 엉성해진 걸 보면.

봄이면 더욱 성화스럽게 뽑아 대는 걸 보며 그만 하시라고 해보지만 공허한 메아리였다. 뽑힌 자리에 끈질기게 솟아나오는 머리털처럼 할머니의 한은 끝이 없어 보였고 4·3의 아픔은, 철 따라 그날이 오듯 현재진행형이었다.

어느 날 나에게 할머니가 청한 말.

"나 그 폭도들 난리 피울 때 죽은 사름덜 모아낭 제 지내는 디 도라다 도라."

그때는 지금처럼 4·3평화공원이 완성되지 않았을 때였지만 위령탑은 세워져 있었다. 제주의 온갖 바람은 다 지나가는 바람코지의 위령탑 앞에서 할머니는 무슨 염원을 손끝에 모으고 묵념하였을까.

얄궂은 바람은 정성껏 차려입은 할머니 한복치마를 허깨비처럼 휘날리게 하며 우리를 내몰아댔다. 위령탑을 휘감는 공허한 바람이 할머니 가슴팍을 파고들었는지 내려가는 길엔 내 어깨에 몸을 의지했다. 한창 공사 중이라 질척거리는 흙과 먼지만이 우리를 배웅해 줄 뿐이었고.

그 후 노환으로 거동이 불편하고 치매기가 겹치면서 더 이상 혼자 살 기력이 없게 되자 이웃이 주선해준 요양원으로 모시게 됐다. 가시는 길에 조촐한 꽃다발을 안기고 배웅해드린 게 마지막. 언젠가 찾아 나서리란 다짐은, 돌아가셨으면 쓸쓸히 발길 돌릴 게 두렵다는 핑계 아닌 핑계로 십 년 가까운 세월, 여기까지 와버리고 말았다.

두견화 봉오리 닮은 열여섯 비바리 적 진씨 할머니. 그의 어머니는 마을의 여장부였단다. 그 어머니가 동네 여인네들을 사상적으로 조종한다고 봄볕 따스한 날, 들판으로 끌려가게 되고 따라나선 딸.

어머니 뒤를 밟아 산속 길 헐떡이며 쫓아가다 그 어미 가슴에 방아쇠 당긴 손아귀의 입에서 나온 말.

"너는 어리니까 집으로 돌아가!"

눈앞에서 생과 사를 달리한 어머니를 두고 저는 살아 보겠다고 허겁지겁 돌아서는 딸에게 뒤쫓아 온 그놈이 덮쳤다. 하얀 속고의 발기어 허여말간 속살 아려 버리고 인생도 찢긴 날. 무심한 저녁노을은 할머니 연분홍빛 치마에 얼룩진 혈흔 더 붉게 물들여버렸다.

서리 허연 머리틀 뽑을 때면 혼미해 버리는 할머니. 손톱 미어지도록 뽑고 뽑으면 제 어머니 가슴에 박힌 쇳조각 누런 녹 씻겼을까. 초록이 싱그러운 초저녁 풀밭에서 풍기던 그 사내 몸뚱이 누린내 가셨을까.

오금 저린 삭신으로 흐릿해만 가는 동공을 허공에 매달고 응어리진 한을 할머니는 그렇게 뽑고 있었다. 한 많은 인생사는 물색 고운 치마 위에 잔설가지로 쌓였지만, 뽑힌 머리털 위로 사월의 오후는 노곤히 사위어 갔다.

"연분홍 치마가 봄바람에 휘날리더라"를 할머니는 어디서건 기도하듯 불렀다. 독거노인 생일잔치에서도.

꽃의 영혼

한겨울 집안에 꽃이 만발하다. 거실, 주방, 안방과 현관의 신발장 위와 작은 방에도 한 자리를 차지했다. 내게 행운과 함께 꽃 재수가 터졌는지 요새 들면서 축하 꽃다발을 받을 일들이 있었다. 기쁨의 화신이 집안에 가득 찬 느낌이다. 흩뿌리다가 공중에 멈춰버린 함박눈 닮은 안개꽃 망울마다에서는 새하얀 별이 튕겨 나올 것 같다.

꽃을 선물 받으면 축하하며 건네 준 분을 생각하며 꽃다발로 시들어 버리게 하기엔 아쉬운 마음이 들곤 한다. 그러니 색색이 치장하고 꼬아 묶은 철사타래들을 풀어 재끼며 꽃만 골라낸다. 꽃을 알맞은 길이로 정돈하고 집에 있는 화병을 총출동해서 온 집안에 골고루 꽃 파티를 벌이는 것이다. 새로운 삶을 시작한 꽃들은 나의 눈웃음을 영양분으로 먹으며 얼마간 회생의 나래를 편다.

장미는 하루 이틀만 지나면 꽃잎을 훌훌 털어버리니 꽃병이 아닌 가스레인지 후드 위에 얹어서 함초롬한 자태가 변하기 전에 말린다. 생명의 흔적을 꽃잎마다에 더 진한 색깔로 덧칠한 마른 장미는 우아한 미소를 멈추고, 잠자는 공주처럼 아름다움을 발산한다.

꽃다발을 선물하며 축하했던 때를 떠올려 본다. 꽃가게에 가면 그 많은 꽃 중에 유독 내 눈과 마주치며 '나를 선택해주세요'라는 듯 방그레 웃음을 주는 꽃을 지목하게 된다. 꽃가게 주인의 능수능란한 솜씨로 화사한 색종이 보에 싼 다음, 리본으로 턱시도를 매듯이 단장하면 꽃다발이 탄생된다. 진열대에 있을 때보다는 청초함과 싱그러움은 조금 퇴색되지만 꽃다발 형식치레에 맞추어 만들어지니 어여뻐하며 받아들일밖엔…….

그래도 꽃을 가슴에 품고 가게를 나오는 순간부터는 꽃송이 송이마다 나에게 전하는 소리가 들린다.

"주인님의 마음을 고스란히 전달할게요."

꽃다발을 선물하는 설렘과 행복함이 받는 즐거움에 못지않은 건 꽃들의 속삭임이 한몫을 하고 있으려니.

언젠가 내 연배의 여류수필가가 꽃을 주제로 쓴 글을 흥미롭게 읽은 적이 있다. 남편이 실직으로 생활이 궁핍하고 어렵던 시절이었단다. 돈 몇 닢 호주머니에 넣고 반찬 사러 시장엘 갔다가 꽃가게

앞을 그냥 지나치지 못하고 꽃만 한 아름 산 내용이다. 저녁 찬거리가 없는 식탁에 앉아서 자책을 하면서도 꽃을 보며 즐거워했던 일을 떠올린 수필이었다.

이 글을 읽으면서 환경에 개의치 않는 작가의 꽃 탐미耽美와, 궁하지만 호사스런 사치에 박수를 보냈다. 그녀만의 멋스러움도 무척 부러워했다.

다시 태어나도 주부라는 직업을 가진 이상, 몇 닢의 반찬거리 값으로 꽃을 사버리는 호방함을 저지르지 못할 나. 꽃이라면 어여쁘다 싸고돌면서도 일상에서는 한 다발의 꽃을 집안장식으로 선뜻 사지 못하는 좀스러움을 알기에. 연말이 임박하면서 이런저런 한 해의 마무리 행사가 TV 화면을 가득 메운다. 어제도 연말 코미디 대상 시상식을 시청했는데 가득 안긴 꽃다발에 싸여 꼼짝할 수 없는 수상자의 얼굴에 관객이 꽃다발을 장난같이 툭 얹어놓는다. 굴러 떨어진 꽃다발이 발밑에 나뒹굴기도 했다. 얼굴을 가린 꽃다발 하나를 누군가 치우니까 간신히 한 뼘 얼굴이 보이기는 했다.

축하를 받고 기쁨을 전하는 행사장이라 꽃다발 세례가 쏟아지는 건 기분 좋은 일이다. 하지만 한손으로 휙 건네고 급하게 사라지는 모습들이 온 나라에 방영된다는 게 영 보기가 좋지 않다. 꽃다발을 증정하는 모습들이 난전亂廛시장 같다. 정중히 축하의 뜻을 담아서 드리고 또 받을 때도 고마움의 표시로 악수라도 나누는 흐뭇한 장면들이었으면 얼마나 멋질까를 생각해 본다. 이런 장면을 볼 때면 꽃들의 영혼이 우리의 문화수준을 비웃고 있지는 않을까 하는 조바심이 인다면 내가 너무 논리에 비약했나.

화사한 꽃 이야기로 마무리를 못하는 건 나 자신, 한해를 덧없이 넘기려니 심통이라도 발동했나 싶다. 내 마음자리가 허허로워서일까. 아니면 성취 못한 일들에 대한 아쉬움에서일까. 괜히 세상을 향해 발 걸기 하며 딴죽을 쳐 보자는 나도 모를 야릇한 심사인가.

되살아나 기쁜 화병 속 꽃들은 저리도 행복한 웃음을 온 집안에 흩뿌리는데…….

태교

"엄마 저를 낳아주셔서 감사합니다."

둘째 딸이 갓 떠나버린 건넌방 책상 위에 발견한 편지의 첫머리 글이다. 다이어리 한 장 떼어내어 깨알같이 쓴 글귀마다엔 고향에서 지낸 일주일의 즐거웠노라고 나직이 노래하고 있었지만, 나는 이별의 춤사위가 되어버린 글귀를 보며 가슴이 휘적거린다.

하얀 밤 지새운 흔적에 가슴이 아리다. 아침 일찍 서둘러야 할 일정 때문에 몸만 쏙 빠져나와서 훌쩍 떠나 버린 딸. 이불 속으로 손을 디밀어 본다. 아직도 체온이 남아 있다. 딸의 머리냄새도 베개에 배릿하게 배어 있다. 동그라니 말린 곱슬머리 털 몇 올이 유난히 눈이 큰 둘째 딸의 눈동자처럼 빤히 나를 쳐다본다. 한 시간도 지나지 않았건만 그사이 이렇게 보고 싶다니.

둘째가 서울에서 대학을 다니면서 곧잘 하던 말. "한국은 너무 좁아요. 난 졸업하면 외국에 가서 살 거야." 그러면서 대학생활 하면서 배낭여행이나 학과연수를 한답시고 몇 차례를 겁 없이 외국을 들랑거리더니 졸업하고 중국 상해에서 의류바이어로 직장생활을 시작했다. 한 2년 남짓 재미있게 직장생활하더니 난데없이 중국생활을 접고 고향에 와서 며칠 머물다가 잡힌 직장도 없이 무조건 뉴욕으로 간다고 하며 오늘 떠나버렸다.

새끼를 잃어버린 어미 개마냥 건넌방을 기웃거려 본다. 거실에 가득히 들앉아 있는 아침햇살이 내 무거운 눈자위에 앉아 간지럼 태우며 눈치를 실실 본다. 창밖엔 비에 떨던 낙엽이 살을 에는 바람 앞에선 포기한 듯 아예 온몸을 내맡겨 버린다. 이른 새벽 흩뿌린 비 끝이라 한기를 품은 바람이 가지 끝에 남은 목련 잎을 기어이 떨어뜨릴 작정인가 보다. 후려쳐대는 게 야속하다.

어정거려보다 멍하니 앉아 있는 내 모습이 처량하게 보이는지, 남편이 조간신문을 들이민다. 산부인과 의사들이 낙태반대운동을 벌이는 기사가 제일 먼저 눈에 띈다. '아기 제일 안 낳는 나라' '2년 연속 세계 최저 출산국인 나라 한국'이라는 문구가 한자리 큼지막하게 박혀있다.

불현듯 둘째 딸이 내 뱃속에서 자라기 시작하면서 번민했던 시절이 어제 일처럼 떠오른다. 평생 가슴에만 묻어 놓으려고 했던 순간들이다. 내 체력으로는 굉장히 무리인 임신 사실을 안 것은 태어나서 6개월 된 맏이가 젖이 부족해서 칭얼대고 나는 나대로 입덧증세와 영양 부족으로 얼굴엔 주근깨가 덕지덕지 앉은 후다. 첫째를 낳은 후 달거리도 없이 둘째를 임신할 수 있나 의아했지만 가뜩이나 서툰 초보엄마여서 남은 힘이 다 소진된 것 같이 힘들었다. 더구나 모유가 모자랐던 아기는 우유는 전혀 먹으려 하지 않았다. 고심하던 나는 제발 임신이 아니길 기도하며 병원에 갔다.

그러나 기도는 무의미한 염원일 뿐. 의사 선생님이 피임시술을 하는 조건이면 낙태수술은 무료로 해주겠다고 했다. 1970년대에는 '잘 키운 딸 하나 열 아들 안 부럽다'라는 표어를 내걸고 국가적으로 인구정책을 펼칠 때였으니 나 같은 처지에 있었던 임산부들은 큰 죄책감을 느끼지 않으며 아까운 혈육을 모질게 떼어놓고 말았을 거다. 더구나 의료보험제도가 없던 때이니 수술비가 만만찮았던 시절이다.

나는 귀가 솔깃했지만 남편은 단호히 거절했다. 그래저래 시일은 지나고 임신 4개월이 지나고 있었다. 태아는 태동하는 기미가 보이고 맏이는 젖꼭지를 놓으려 하지 않고. 아기 낳을 때까지 입덧을 해야 하는 나는 그야말로 사면초가였다.

그런 와중에 겨울방학을 맞아 고향으로 내려가야 했고, 남편은 우리를 고향에 데려다 주고 대학원 공부 때문에 서울로 가버리니 이런 때를 두고 나온 말인 성싶은 초비상사태 돌입! 젖이 부족해서 울며 보채는 아기와 입덧으로 노랗게 들떠버린 나. 보다 못한 시어머니는 일찍 들어선 뱃속의 아가를 걱정하는 말씀으로 몇 마디 하셨겠지만 내가 듣기에는 타박으로 들린 말 한마디. "갖출 건 못 갖추고 이런 일부터 저질러서 이 무슨 고생인고."

일찍 혼자 되셔서 외롭게 사시는데 자손이 왜 어여쁘지 않을까. 투박한 성격인 탓에 툭 던져버린 시어머니의 말 한마디는 가슴에 비수되어 날아왔다. 그렇지 않아도 방 한 칸짜리에 연탄 광을 개조한 부엌에서 사는 객지생활의 갖추지 못한 살림살이가 누추했고, 더 힘든 건 부모형제와 친구들 하나 없는 타향살이와 산후우울증을 벗어나지 못한 후줄근한 내 몸과 마음이 가여워서 서럽고 슬펐다. 섭섭한 마음에 하얀 밤을 보내며 날이 밝으면 병원으로 가리라 다짐 다짐했다.

아침 일찍 우는 아가를 시어머니에게 내맡기고 서귀포의 모 산부인과로 들어섰다. "어디가 아파서 오셨습니까?"

까랑까랑한 간호사의 말에 섬쩍지근한 공기가 휙 나를 에워싸며 온몸이 오싹 조여들었다. 순간 나는 뒤물러서며

"아, 예 잠깐만요."

하는데 뒤이어 명랑한 목소리로

"중절수술하러 오셨군요. 이름은요?"

이끌리듯 푸르죽죽한 소파에 엉거주춤 앉았다.

째깍째깍 대기실 벽걸이 시계 초침의 울림이 바싹 타들어가는 가

슴을 옥죄어 들었고. 아침밥을 거르고 와서인가 뱃속에선 '꼬르륵', 그리고 가엾은 태아의 울음인가 '꼬록꼬록' 섧게 들렸다.

접수하고서 모질게 마음 다스리며 한 시간을 기다려도 내 이름은 불리지 않고 좌불안석하다 수술실을 기웃거리던 나, 아연실색했다. 1970년대였으니 수술실이라고 해도 진료실 사이에 천으로 가리개를 하고 있었으니 못 볼 것을 보고 말았다. 아니 정말 보기를 천번만번 잘했다.

낙태 수술하는 환자의 목 줄기를 타고 터져 나오는 괴성이라고 해야 할지, 소 울음이라고 해야 할지. 무쇠를 갈아대는 소리, 그 소리였다. 소름이 끼쳤다. 그리고 무서웠다.

일이 분만 있으면 내 이름이 불릴 게고 나는 수술복으로 갈아입고서 저 자리에 누워 저렇게 소리 지르고 괴로워해야 하겠구나라고 생각하니 정신이 아뜩했다. 뒤도 돌아보지 않고 빚에 쫓기는 빚쟁이마냥 그곳을 도망쳐 나왔다.

"미안하다. 아가야 얼마나 놀랐니? 엄마가 잠깐 제 정신이 아니었어."

버스로 한 시간이 걸리는 시가에 오면서 나는 내내 울었다. 배고파 우는 아가에게 미안해서 눈물이 흘렀고, 생사의 기로에서 엄마의 탯줄에 매달려 노심초사했을 태아에게 사죄하며 울었다. 덩달아 무심한 양쪽 젖꼭지에서도 젖이 줄줄 눈물처럼 흐르고 있었다. 마냥 울고 있으면 아기에게 먹일 젖이 말라 버릴 것 같아서 마음을 다잡았던 기억이 지금도 또렷해서 씁쓰레한 웃음이 감돈다.

하루가 지나도록 저 아득한 허공에 비행기의 힘을 빌려서 미지의 세계를 향해 용감히 날아가는 딸에게 응원을 보내며 기도한다.

"내 사랑 둘째야, 혹독하고 아슬아슬했던 순간을 태교로 남겨서 정말 미안하다. 하지만 어려웠던 시절 엄마의 처지를 내 딸은 이해해 주겠지."

순이 삼촌 이야기

제주에서는 삼촌이란 호칭을 즐겨 쓴다. 삼촌은 촌수로 헤아리면 아버지의 형제이지만 제주도에서는 이웃 동네사람들에게도 자연스럽게 삼촌이라고 부른다. 또한 누구를 지적해서 불러야 할 때는 연세가 지긋하지 않으면 으레 이름자를 앞에 대고 삼촌이라고 한다. 우리 고장에서만 볼 수 있는 독특한 정서일 것이다. 가까운 사이를 얘기할 때 흔히 '이웃사촌'이라고 하는데 제주에서는 한 촌수를 더 올려 '동네삼촌'이라고 부르니 이웃끼리의 정이 더 도탑지 않나 싶다.

제주가 고향인 현기영 작가의 중편소설 〈순이 삼촌〉이란 작품을 보면 촌수도 없는 남이지만 삼촌이라 존칭하면서 친척 느낌으로 다가오는 걸 알 수 있다. 처음에는 이 작품의 제목이 삼촌이라 불리는 친근한 호칭과 내 이름과 불림이 같은 순이라는 이름에 호감이 갔다. 그러나 내용 속으로 빠져들수록 북촌리에 살고 있던 삼백여 명의 양민들을 싹쓸이로 몰아넣고 무차별 학살했던 순간들이 현실처럼 다가와 애타고 안타깝기만 하다.

유리파편이 발바닥을 파고드는 찔림처럼 날카로운 아픔이 책 속에 깔린 글자로부터 가슴으로 전해져 온다. 그렇지만 숨 막히는 아픔 뒤에 순산한 아기의 출산을 바라보는 어머니의 마음처럼 제주도를 배경으로 탄생된 〈순이 삼촌〉이란 작품에 나는 강한 애착을 느낀다.

지금은 '평화의 섬 제주'라는 타이틀을 세계만방에 공표하며 평온한 시대에 살고 있는 우리들이지만 현기영 작가는 자신이 몸으로 겪었던 근 오십여 년 전, 4·3사태 당시의 참혹한 수난의 시대상을 이웃집 아주머니인 순이 삼촌을 통해서 포효하듯 자신의 육성으로 세상을 향해 발설하고 고발한다. 그 암울한 시대에 제주의 모든 사람들이 울력다짐으로 해도 못 이룰 성과를 한 개의 가느다란 펜촉이 해냈다.

그 힘은 칼보다 강했다. 제주의 선량한 한촌寒村에도 자존의 씨앗이 힘차게 움트며 세상을 향해 두 팔을 치켜들고 내달려갔다. 내 형제의 몸은 삭고 삭아서 형체도 없겠지만 세월의 무게만큼 덧입혀진 억울한 죽음과 참았던 울분 보따리를 들고.

작가는 〈순이 삼촌〉을 집필하고서 서슬 퍼런 군사정부 아래 중앙 정보부에 끌려가서 혹독한 고문을 당하면서도 제주의 쓰라린 역사를 적나라하게 각인시켰고 '역사는 용서하되 잊지는 말아야 한다.'는 메시지를 담담하게 펼쳤다.

며칠 전 자전거로 동부해안도로를 달리다가 북촌리 마을 어귀를 지나는 일주도로변 길가에 때 이른 코스모스의 하늘거림이 어여뻐 잠깐의 휴식을 취하기로 했다. 그 틈을 이용해서 소변을 볼 요량으로 사방을 둘러보니 우묵하게 경사진 밭이 있어서 그곳으로 들어갔다. 그런데 그 밭 한가운데에 우뚝 서 있는 어떤 물체를 발견하는 순간, 그 밭이 〈순이 삼촌〉 글의 무대인 옴팡밭*일 거라는 느낌이 왔다.

〈순이 삼촌〉을 읽고서 북촌리 옴팡밭과 그 너머 너븐숭이에 있는 애기무덤을 그려보며 언젠가는 꼭 찾아 가서 보고 싶은 마음이었는데 우연히 접하게 된 것이다.

강렬한 자석에 이끌리는 쇳조각처럼 그쪽으로 빨려 들어갔다. 글씨도 선명한 '순이 삼촌'이라고 새겨진 비석이 묵직한 자태로 밭 한가운데 서 있다. 그 주위에는 아무렇게 뒹굴려 있는데도 사연을 담은 것 같은 비석들이 이리저리 나뒹굴어 있다. 흡사 무를 뽑아서 내던져버린 것 같은 모습이다. 제멋대로 드러누운 비석마다에는 현 작가가 피를 토하듯 써 내려간 주옥같은 글들이 모여 앉아 도란도란 이야기꽃을 펼치고 있었다. 저희들끼리 의지하며 놀고 있는 듯 보이지만 한낮, 태양의 열기처럼 굳건한 의지가 넘쳐났다. 옴팡밭은 양민들을 한 군데로 몰아넣고 무차별 살해한 학살의 현장을 재현한 듯하다.

순이 삼촌은 이웃과 함께 눈에 넣어도 아프지 않을 오누이를 그 옴팡밭에서 잃고도 남아 있는 한 점 혈육인 어린아기를 옴팡밭고랑에 뉘어놓고 억척스레 고구마농사를 지었다고 한다. 그해 옴팡밭의 고구마는 목침만 했다. 그렇지만 이웃들은 허리가 휘는 지독한 기근인데도 시체가 썩어서 내린 물을 먹고 자란 고구마라고 아무도 거들떠보지 않았단다.

지금의 옴팡밭은 한참 동안 농사한 흔적이라곤 없다. 그래서 굳어버린 흙은 목침만 한 고구마를 키웠던 기백은 어디에도 찾아볼 수 없다. 그냥 하릴없이 살찐 햇살 아래 허리 반듯하게 펴고 누워 시꺼먼 침묵으로 그날의 참혹함을 억누르는 듯하다. 그 시절 순이 삼촌이 농사를 지으면서 호미로 땅을 파헤칠 때마다 솟아 나오면 수습했던 인골의 잔해들은 땅속에서 세월과 어둠으로부터 인고를 배우며 순하게 삭고 있을 것이다.

'순이 삼촌'이라고 큼직하게 새겨진 비석 앞에 서니 글 속 줄거리들이 뇌리를 스친다. 내 눈자위가 희뿌옇게 흐려오면서 갑자기 멀미기로 가슴이 스멀거린다. 비석에 한 손을 의지하니 손바닥으로 전해 오는 감촉이 산 자의 체온같이 따스하다. 오월의 풍성한 햇살이 기구한 삶을 살다 간 영혼이 깃든 비석에 체온을 담뿍 채워주고 있나 보다. 시체구덩이 속에서 유일하게 혼자 살아남은 그 기적의 순간에도 싸늘한 이웃과는 다르게 홀로 온몸에 퍼졌던 체온처럼.

오늘, 순이 삼촌은 햇살 온유한 이 비석 모서리에 앉아서 해바라기하고 있을까? 아니면 옴팡밭 너머 너븐숭이 애기무덤에 오누이를 만나러 마실이라도 갔으려나⋯⋯.

* 옴팡밭: 제주어로 평지보다 우묵하게 들어간 밭을 지칭하며 그리 넓지 않은 밭의 느낌도 준다.

다랑쉬굴에 묻힌 월랑동

바람 한 점 없는 전형적인 가을 날씨다. 다랑쉬 오름 등반하기로 한 날이다. 오랜만에 남편과 같이 하는 등산길이다. 종달리 갯가에서 조개죽으로 점심도 해결하고 바다구경도 할 수 있는 기대 때문인가, 몸과 함께 마음도 가볍고 상쾌하다.

중산간에 자리 잡은 다랑쉬 마을에 들어섰다. 남편은 4·3의 피해로 이십대 초반의 아버님과 작은 아버님을 잃은 애달픈 가족사가 있어서인가 4·3의 현장인 다랑쉬굴을 보고 오름을 오르자고 한다.

늙은 팽나무와 군데군데 형성된 대나무숲, 집터, 우물터가 있어 이곳이 마을 터였음을 알게 해준다. 팽나무가 서 있는 곳에서 동쪽으로 난 길을 들어가니 시멘트로 입구를 막아 버린 삭막한 다랑쉬

굴이 보인다.

지금은 폐촌인 월랑동 주민들인 어린 철부지에서부터 오십대 아주머니까지 민간인 열한 명이 이 굴에서 토벌대에 의해 학살되었다. 그 쓰리고 아린 참혹한 현장을 시멘트 덩이로 막는다고 다랑쉬 굴에서 일어났던 만행이 덮어지며 진실이 사라질까. 토벌대와 같이 동행했던 민간인이자 후에 증언자는 굴 입구가 양쪽에 나 있는데 처음에는 입구에 수류탄을 던졌고 그래도 사람들이 나오지 않자 잡초로 불을 지핀 뒤 구멍에 밀어 넣어 굴속에 있는 사람들을 질식사 시켰단다.

이 굴의 입구는 좁고 낮아 한 사람이 겨우 엎드려야 들어갈 수 있는 곳이었단다. 발견 당시 굴 안에는 물 허벅과 그릇, 어느 아주머니의 머리에 꽂혀 있던 비녀, 허리띠, 고무신, 횃불 통, 무쇠 솥, 놋수저와 그릇 등이 유골과 함께 발견됐다. 밖으로만 본 현장이지만 돌아보고 나니 쾌청한 날씨에도 마음이 답답하다. 뭐라고 표현할 수는 없지만 울화가 치밀었다. 억울하게 죽임을 당한 영혼들이 이 주위를 맴돌고 있을 것만 같아 허공으로 눈을 돌렸다.

내 마음은 아랑곳없이 하늘은 온통 파란빛이다. 오름 능선 자락에는 싱그러운 바람에 온몸을 내맡긴 패러글라이딩이 공중에 유유히 떠 있다. 패러글라이딩 하기에는 안성맞춤인 곳인가 보다. 넓은 초원과 사방으로 펼쳐진 오름, 그 위에서 포만감으로 여유로운 독수리 마냥 유유히 떠다니는 모습이 장관이다. 오래 눈길 주어도 피곤하지 않다, 자연이 만든 실루엣이 부드럽게 흐른다. 펼쳐진 크고 작은 오름들의 곡선이 환상적이다. 지금은 그곳을 찾는 사람들에게 즐거움과 함께 낭만 가득한 곳인데 그토록 참혹한 비극을 품고 있다니.

가파른 다랑쉬 오름에도 지금은 폐타이어를 활용한 미끄럼 방지대를 깔아서 오르기가 무척 수월하다. 가뿐히 정상으로 올라서 사방을 휘둘러보니 높이만큼이나 넓은 능선 자락이 가을 청청한 하늘처럼 넉넉해서 답답했던 마음속이 확 뚫린다. 분화구를 싸고도는 바람이 이제 막 도드라지며 피기 시작한 억새의 머리끝을 끄댕겼다 놨다 하면서 장난치는 것 같아 억새에게 웃음을 보낸다.

오름 밑을 보니 무슨 개발을 하는 중인지 흉하게 파헤치고 있는 모습이 눈에 거슬린다. 선조들은 오름 능선에 묏자리를 쓸 때도 묘를 보호하고 마소의 침입을 막을 요량으로 묘지 담을 치지 않았을까. 묘를 만들면서 땅심이 약해진 흙더미들이 아래로 쓸리지 않을까 하는 염려에서 오름 능선엔 묘지 담을 더 튼튼하고 넓게 만들었을지도 모르는데. 요새는 툭하면 개발이라는 구실 하에 자연 훼손을 서슴지 않는 작태들이 무섭기조차 하다. 파헤쳐 가는 품새가 녹록지 않아 보인다. 그 모습을 보니 오름에게 미안한 마음과 함께 이 좋은 가을날에 산이 되우 몸살께나 앓을 것 같다. 오름이 마른기침을 하는 것 같기도 하다.

이 오름이 여인이라면 치마를 들춰내며 추태를 부리는 못된 남정

네의 행태로 비쳐 모처럼 나선 등산길인데 기분이 썩 좋지 않다. 씁쓸한 기분으로 내리막길을 내려오면서 덤불 사이로 보이는 이질 풀이랑 꽃향유, 쑥부쟁이의 보랏빛 향연이 눈부셔서 금방 마음이 환해 온다. 패랭이꽃도 무척 앙증맞다. 언제 대해도 자연은 제 이치를 어기는 법이 없는데……

　오름을 내려와서 소금밭으로 잘 알려진 어촌 종달리로 향했다. 척박한 땅이건만 옹기종기 모여 사는 시골마을의 모습들이 풍광 빼어난 바다와 어울려 한 폭의 풍경화로 펼쳐진다. 옛날 소금밭을 연상하니 짠맛이 현무암 숭숭 돌구멍에 배어 있을 것 같은 돌담길이 정겹다. 종달리 바닷가 명물인 빨간 등대가 어촌의 모습을 더 한층 업그레이드 시킨다. 푸른 바닷물과 빨간 등대의 조화가 아름답다. 야트막한 울타리 안에서 지붕에 빨간 칠을 한 아담한 집에 눈길이 갔다. 정원에는 목백일홍 꽃잎이 난분분 흩어지고 있다. 시월의 끝자락인데도 꽃잎들이 보인다. 열매 털린 수숫대도 집 모퉁이 벽에 기대어 붉게 무르익는다. 우직한 가장이 투박한 손길로 만들어질 고된 빗자루 신세를 아는지 모르는지 가을바람에 설렁설렁 거드름을 피우면서.

　해녀의 집 식당에 들어서니 비릿하지만 싫지 않은 바다냄새가 고소한 참기름 냄새와 섞여 식욕을 자극한다. 조개죽은 담백하면서 맛깔스럽다. 가을 산을 오르고 난 뒤의 시장기도 한몫하나 보다. 느긋하게 점심을 먹던 중, 남편이 툭 한마디 한다.

"역사는 용서하되 우리는 잊지 말아야겠지?" 무슨 뜬금없는 말인가 하면서 남편을 슬쩍 쳐다봤다. 세월의 흐름에 씻기어 반백이 됐지만 아버지를 잃은 다섯 살 적으로 가 있을지도 모른다. 육십여년이 지났건만.

치자의 계절

　치자 향이다. 며칠 전 안개 자욱한 날 밖에 나갔다가 이웃 야트막한 아파트 울타리 쪽에서 안개처럼 퍼져 나오는 향기, 아찔할 정도로 진한 향의 정체는 일부러 찾지 않아도 금방 알아차릴 수 있었다. 치자 향을 싫어하는 사람은 별로 없겠지만 그 꽃을 별나게 좋아하는 나. '벌써 치자꽃이 필 때가 되었네.' 눈은 어느새 치자꽃을 찾고 있었다.

　이제 막 피려는 꽃을 보며 시집간 새색시가 여몄던 하얀 속치마 살포시 걷는 찰나를 상상한다. 야릇하고 아련하다. '이 많은 꽃 중에 한 두 송이쯤이야.' 쑥스러운 마음에 주위를 둘러보면서 소담스런 꽃이 달린 가지를 꺾었다. 화병에 넣고 식탁에 올려놓으니 근 일주일 동안 집안엔 향기가 행복으로 화하여 둥둥 떠다니는 기분이었다.

두 송이 꽃이 노르스름하게 시들어버렸다. 이 계절이 가기 전에 치자 향을 또 집안에 들여 놓고 싶은 욕심에 이웃 아파트 울타리로 갔다. 무수하게 피어나는 봉긋봉긋한 치자 꽃봉오리가 서로 볼 맞대고 도란거리고 있었다. 이 꽃 저 꽃 하며 따다 보니 어느새 손안에 가득이다. 거실, 부엌, 방이 치자꽃 향으로 넘실거린다.

내가 생각해도 너무 지나친 게 분명하다. 반란을 일으켜댄다. 머리가 어질어질할 지경이다. 퍼뜩 '정신 놓아버린 여자가 이런 증세일까.'라는 생각이 들 정도로 향기가 넘쳐나니 현기증이 인다. 맑고 향기로운데 왜 머릿속이 어지러울까. '욕심이 눈을 가린다.'라는 말이 내가 한 행동과 맞아 떨어진다.

치자꽃이 마당 안에 있으면 그 집에 여자가 바람이 난다는 속설이 있다. 주역에 음한 기운이 모인 것은 여섯 수로 되어 있다고 한다. 치자 꽃잎이 여섯 쪽이니 그런 말이 따라 다니나 보다. 치자꽃에 그런 불명예스러운 딱지를 붙이다니. 순백의 신부처럼 순결하고 우아한 이 꽃에 음기니 바람이니 하는 것은 어울리지 않다.

해맑아 순정하고 향기 짙은 것도 죄인가. 음기가 스며있는 꽃이라는 속설을 나는 부정한다. 새하얗게 피어서 아낌없이 향기 흩뿌리고 노르스름한 그리움 품는 그윽한 꽃인데. 다정한 눈길 보내니 향 가득 날리며 소박하게 웃고 있는데.

성하의 계절에 피는 치자꽃은 정수리 녹일 것 같은 햇살 속에서도 백옥 같은 웃음 잃지 않으며, 흐린 날엔 더 깊은 향기를 뿌린다. 요새 7월 장마가 들이닥쳐서 꽃잎을 흠뻑 적시건만 초연히 고난의 계절을 이겨낸다.

치자꽃 가슴에 안고 녹음 우거진 오솔길을 무작정 걷고 싶다. 이 계절에 나에게 슬며시 사랑 걸기 하는 이 있었으면……. 아니면 멀리 있어도 마음으로 만나며 문학을 노래하고 아름다운 시어詩語 나눌 수 있는 이 있어 사유의 나래 마음껏 펼 수 있다면. 그것 또한 마다하지 않으리. 왁자지껄한 사랑이 아닌 아련하게 다가오는 그런 사랑이면 좋겠다. 마음속에 항상 은은한 향기로 남아 있는 그런 사람으로 있어주기, 그랬으면 좋겠다.

이 계절이 다 가기 전에 치자꽃 시들어 자취 없이 사라져버리겠지. 그 꽃 지기 전에 지금은 닿지 않은 먼 사랑이지만 그리워하는 마음 전할까. 아니야. 씨앗으로 품으리. 기다리면 그리움의 씨앗 움터 향기로 내게 다가올 게야. 치자의 계절 다시 오면.

칸나꽃

새벽공기가 상쾌하다. 사라봉 한 바퀴를 돌고 올 요량으로 자전거를 타고 내달렸다. 이른 아침 한산한 길거리로 나서니 페달에 힘이 간다. 자전거 바퀴도 덩달아 신이 나는지 저절로 가속이 붙는다. 숨이 차서 내뱉는 호흡의 달강거림도 가벼운 깃털 되어 날린다.

사라봉 중턱이 가까울수록 바닷바람에 절여지고 산바람에 촉촉이 젖어 있는 공기의 상큼한 맛이 목울대를 지나 가슴 깊이 스민다. 획획 스쳐가는 바람도 조반으로 녹음을 먹었는지 내뱉는 숨결에서 짙푸른 향이 감돈다.

삼거리에서 숨 고르기를 하며 신호등을 기다리는데 길가에 탐스럽게 핀 칸나꽃이 내 눈길을 끌어당긴다.

사슴의 긴 목처럼 꽃가지를 길게 드리우고 지금 막 피어나기 시작한 꽃잎은 도드라지지 않으면서도 여인네의 잘 다듬어 놓은 갸름한 손가락을 닮았다. 활짝 핀 꽃봉오리는 농염한 여인의 입술을 연상시킨다. 꽃송이를 보면 볼수록 그 자태에 화려한 끼가 묻어난다.

　칸나의 꽃말이 '정열'이라는데. 불같이 열띤 열정을 느끼기에 충분하다. 꽃잎이 삼바 춤을 추는 관능적 여인의 히프에 걸친 치마자락 너울처럼 매혹적이다. 입으로 꽃을 '후우욱' 하고 불면 정염 덩어리 한 움큼 툭 떨어질 것 같다.

　악마 데와더르라 영혼이 스미어 고혹적인가. 사랑이란 이름이 빨강으로 물들었나. 불타의 붉디붉은 언약으로 사랑을 꽃잎에 새긴 걸까. 노란 칸나는 제아무리 곱게 피어도 성에 안 찬다. 어쨌든 짙붉어야 칸나다.

　칸나 꽃그늘에 함초롬히 피어나 아침밥 달라고 보채는 것 같은 구절초 한 무더기가 철없는 어린애처럼 보여 앙증맞다. 눈 시리게 찬 이슬도 한몫을 하려는지 꽃잎 위에 진주를 뿌려놓은 듯하다. 어쩌면 가을의 초입이라서 더욱 영롱하고 신선하게 다가오는 걸까.

　여름내 녹음방초로 지친 칸나의 초록은 인생의 마지막인 듯 불타는 사랑을 갈구하는 가을 여인이다. 밤새 뜬눈으로 지새우며 그리운 임 기다리다 이 새벽에 절절한 사랑을 찾아 나선 여인. 계절 더 깊어지면 녹음은 쓸쓸함만 남고 저 붉은 칸나꽃도 스러져 버릴게다. 생식을 잃어버린 여인의 자궁처럼 초라한 대궁 남기고……

가을로 접어드는 시기에 피는 칸나꽃이 고귀함을 잃기 전에, 가을이 다 가기 전에, 내가 아는 가을 같은 여인에게 부디 사랑이 찾아오기를.

검멀래밭에서

현무암 알갱이들이 모여 있는 바다밭. 검은 모래가 장관을 이루는 곳인 삼양검멀래 해수욕장은 제주시내에서 십여 분이면 도착할 수 있다.

검멀래는 검은 모래라는 말이다. 화산석이라 구멍이 숭숭해서 허술해 보이나 성질이 야물다. 그 똘똘함이 작은 알갱이마다에 그대로 박혀있다. 하 많이 흐른 세월이 보인다. 삼양의 검멀래, 들여다볼수록 시간의 정체들이 신기해 두 손 가득 움켜쥐었다. 한 알 한 알 미세한 입자들이 손가락 사이로 스르륵 빠져 나간다.

깎이고 구르면서 지나온 날들, 바위에서 돌멩이였다가 자갈에서 모래로 화한 세월들, 몸으로 내보이는 균일하고 정교하게 점으로 찍힌 시간들. 자연과 세월이 빚어낸 탁월함이 경이롭다. 숫자로는 표현할 수 없는 무량억겁이다.

　이에 일등공신인 물결의 부지런함을 누가 말리랴. 갈고 닦는 것도 모자라 키질까지 해대는 포말들은 늘 그래 왔다는 듯이 매끄럽게 연마된 까만 알갱이들을 끊임없이 단장해 댄다. 물결의 애무에 검은 비로드 같은 모래가 망설이듯 뒷전 치는 체해보다 쪼르르 따라 구른다. 사랑에 눈먼 숫처녀처럼 무조건 따라갈 기세다. 종내는 대천 바닷길 나서는 게 두려워 황망히 발길 돌릴 게 뻔한데.

　갯가 먼발치 물결은 땡볕 내리쪼임이 눈부신지 잔잔하다. 한낮 오수를 즐기는 것 같다. 오일을 온몸에 바른 젊은 여인처럼 윤기가 자르르 흐른다. 검은 모래밭은 해님이 주는 열을 주는 대로 쑥쑥 삼켜서 지상 수은주에 가속이 붙는다. 여름을 흠뻑 들이마신 모래밭은 대낮엔 후끈한 찜질방이 돼버린다.

　피부염이나 관절염에 썩 효험이 있다고 알려지면서 외국인들도 여행 와서 며칠간 묵으며 모래찜질을 한다. 몸과 정신 속 찌꺼기를 열로 녹여 없앨 작정이나 한 것처럼 열을 올린다. 손바닥만큼 내놓은 눈, 코, 입만이 사람이 누워 있다는 징표다. 수평의 검멀래밭이 작은 골짜기와 아담한 오름으로 굴곡을 이룬다. 이제부터 이곳의 물결은 밤낮 분주해지겠지. 무수히 찍히는 발자국들과 웅덩이가 돼버린 찜질터도 원상 복구해야 한다.

　사람들이 모이는 곳에 나뒹구는 비양심의 산물. 곱고 매끄러운 모래밭에 함부로 버리는 쓰레기에 파도는 체증이 걸리고 만다. 굴리고 굴리다 소화시키지 못해 끝내 모래바닥에 게워내는 흉물들. 자연은 정직하게 베푸는 것만 알고 이 우주에 존재해 왔다. 그런 자연을 우리는 함부로 대하고 있는 건 아닐까. 내가 선 자리만이라도 살필 일이다.

이곳에 오면 또 하나 푸짐한 보너스가 기다리고 있다. 한라산으로부터 흘러내리는 용천수다. 한 세기 가까운 세월 돌고 돌아 드디어 용솟음치는 물. 한여름 더위를 무위로 만들어 버리는 신성한 묘약이다. 우리는 별 수고로움 없이도 제주 현무암층에 스며들어 오랜 시간 동안 단장한 성스런 물에 멱감으며 더위를 달랜다.

늘 그 자리에서 몸단장하고 있는 검은 모래벌판과 태평양을 순회하다 여기 잠깐씩 머물다 떠나는 푸른 물결, 신비의 섬 하층을 에돌아 흐르다 마침내 용천수로 솟아오르는 샘물이 있는 곳.

한낮 땡볕 아래 검멀래 속에 파묻힌다. 모래알들이 재잘거리며 옛이야기 들려줄 것 같은데, 모래 속은 적막강산이다.

원시 적에 우직한 바위였기에 입이 무거운가.

문학을 향한 오랜 꿈, 수필에 가두다

-≪천천히 그러나 항상 앞으로≫의 경우

김길웅 | 수필평론가. 전 제주문인협회 회장

문학을 향한 오랜 꿈, 수필에 가두다
-≪천천히 그러나 항상 앞으로≫의 경우

김길웅 | 수필평론가. 전 제주문인협회 회장

1.

"인생은 물적 단계가 아니라 마음의 상태에 달려 있다." 사무엘 울만의 말을 들머리에 얹는다.

수필은 체험의 바탕 위에 인생의 의미를 서술하는 형식이다. 서술이라 함은 기록과 문학적 표현의 양면성을 지닌다. 수많은 이론적 탐구가 진행되면서, 수필을 대하는 입장에 상당한 변화가 있었음을 전제할 필요가 있겠다. 말하자면 수필이 1인칭 고백의 문학이라는 관념에 대한 성찰이다. 자신의 체험을 그대로 담아낸다고 되는 문학이 아님은 이제 새삼스럽다.

수필은 화자인 자신의 얘기다. 그렇다고 체험한 것을 그대로 기술한 현상의 기록물이란 뜻이 아니다. 작가에게 주어진 임무는 글 거리에 따라 새로운 의미를 찾아내는 일이다. 실제 있었던 현상만 을 적어 내는 것이 아니고 글감이 함유하고 있는 본질을 찾아 자신 의 삶을 통한 해석을 내리는 일을 요구한다. 이는 상상적 체험이 필요하므로 수월한 일이 아니다. 새로운 해석은 기존의 틀에서 과 감히 이탈하거나 부정을 시도할 때라야 용이해진다. 자신을 드러 냄, 곧 수필의 요체다. 윤리 도덕과 지식 교양과 지적 취향과 사고적 인 성향이 수필 속에 작가의 눈빛으로, 숨결로, 심성으로, 영혼으로 투영된다는 것은 조금도 이상할 것이 없다는 의미다.

따라서 작가의 꿈이 수필에 녹아듦은 지극히 온당한 일로 간주돼 마땅하다. 더욱이 소녀 시절에 문학을 향한 열망과 동경으로 꿈의 날갯짓을 하다 그윽한 문학의 숲 속으로 들어섰을 때의 환희는 얼 마나 가슴 두근거리는 일일 것인가. 하지만 인생은 흐르는 물과 같 아 한 지점에 머무를 수 없다. 모두가 동안童顔을 소망하지만 정작 지켜야 할 것은 때 묻지 않은 동심童心이다. 영원한 동심을 유지하는 비결은 남에게 내보이는 육신의 겉모습이 아니라 오직 자신의 마음 가짐이 있을 뿐이다.

앞에서 말했듯, '인생은 물적 단계가 아니라 마음의 상태에 달려 있는' 게 백 번 맞다. 문제는 '물적 단계'에 멈춰 서려는 인생을 '마음 의 상태'로 전환하려는 상승 의지의 그 동기를 유발해 내는 일이다.

가까스로 올라선 꿈의 실행 단계에서 수필가 강순희는 마침내 수필과 조우한다. 감격적이고 진지한 만남이다. 열 살 적에 쓴 동시의 가슴 콩닥거림이 글쓰기의 씨앗이 됐다는 회상이 한 작가의 문학을 담보하는 화두로 녹아 있음을 간과해서는 안 된다. 적어도 이런 관점에서 바라보거니와, 원체 강순희의 수필은 우연이 아니다. 문학적 재능이 수필의 토양으로 이미 확보됐었음을 감지하게 된다는 얘기이다.

이제 첫 수필집 ≪천천히 그러나 항상 앞으로≫에 나타난 강순희의 작품세계를 소요하려 한다. 여기서 '소요'라 함은 산책하듯 그의 작품 속을 거닐며 함께 어우러져 있을 나무와 풀과 꽃과 새의 빛깔과 소리에 귀를 기울인다는 의미를 내포한다. 심신을 느슨히 풀어 놓고 앞만 보고 걷는다는 뜻이 아니다. 다만 그런다는 것이 아니고, 이왕 그의 작품 속으로 들어섰으니 그가 걷고 있는 수필의 길이 직선인가 곡선인가, 한낮에 쏟아지는 따가운 햇볕인가, 달밤의 교교한 월광인가, 봄의 금실 햇살인가 따스하게 여린 가을의 양광인가, 고른 호흡인가 밭은 숨결인가 하는 데 이르기까지 기웃거리며, 관찰하고 즐기기도 하며 거닐고자 한다.

지나친 찬사는 자만과 안일을 키워 끝내 부메랑으로 되돌아온다. 평자가 너무 기울면 작가에게 이로울 게 없을 것이므로 어두운 구석을 비춰 그의 수필적 실체를 드러내는 쪽에도 소홀하지 않겠다.

2.

강순희는 남다른 열정의 소유자이다. 소유함으로 끝나지 않는다. 그냥 눌러앉기를 거부하는, 삶의 활력을 찾아나서는 역동적인 행위자인 게 눈 맛을 한결 돋워낸다. 역동적인 삶이 수필 속으로 녹아들면 달착지근한 인생의 색다른 향기를 뿜을 것인데. 이런 조합을 실현해 낸다는 것은 흔히 만나는 삶의 양태가 아니다.

(1) 눈앞 오르막길이 한여름 엿가락처럼 늘어진다. 들숨이 잦아들며 메마른 날숨만 공회전한다. 호흡이 일그러질 즈음, 내리막길이 온몸 들이밀며 달려든다. 기관차 화통에서 뿜어대는 증기처럼 펑펑 터지는 들숨 날숨. 신바람까지 가세해 산골바람을 온몸으로 맞는다. 두 바퀴도 바람 등허리에 탔는지 나는 듯 구른다.

내 삶도 오늘 달려온 길처럼 오르내리면서 울고 웃었다. 모나서 성가신 일, 뾰족한 가시에 찔려서 가슴 아픈 일 등은 남도의 청량한 바람 따라 날려버리자. 소중한 연분과 인생길은 자전거바퀴처럼 둥글게 마름질하며 살리라. 구겨진 인연일랑 다림질로 곱게 펴면서.

4시간 가까이 달려 완주증을 받았다. 선두 그룹보다 두어 시간 늦게 도착했다는 증표이지만 내가 나에게 보내는 갈채와 함께 소중하게 배낭에 챙겼다.

— 〈완주증, 인생랠리에 건네다〉 중에서

(2) 몸과 눈으로 부대끼는 희열을 라이브로 즐기는 재미와 스릴이 넘치는 자전거타기지만 힘든 고역을 치르기도 한다. 토막토막 부서지며 내 몸 안으로 밀려드는 것 같은 오르막길. 달려드는 길이 심장속으로 치받혀 왔다가 거친 날숨에 못 이겨 헉헉거리며 제자리에 갈앉는 느낌을 받는다. 자전거를 무기 삼아 한바탕 싸움을 벌이듯 이판사판 서로 덤빈다.(중략)

터질 것 같은 심장의 고통이 따르는 오르막 뒤에 이은 내리막의 진한 이완을 보상으로 받는 게 기분 좋아 달리고, 잠깐 휴식의 꿀맛에 몸이 가뿐하다고 우우거리니 신나서 달리고, 자전거를 타는 재미가 쏠쏠한 까닭이 여기에 있음이다.

― 〈바람의 유혹〉 중에서

(1)은 '2012고흥 거금ㆍ소록도 섬 랠리 MTB경주'에 참가했던 경험이고, (2)는 자전거와 함께 하는 평소의 생활을 담아낸 것. 숨이 턱에 닿는다는 말로 태부족인 긴박감이 행간에 거친 숨소리로 일렁인다. 읽으면서 같이 달리는 것 같고, 함께 지쳐 늘어지다 다시 생기를 되찾는 미묘한 기분을 맛본다. '완주증' 누구나 얻을 수 있는 성과물이 아니다. 과정의 어려움을 인생 여로에 결부시킨 착상 또한 일품 아닌가. 이것이 강순희 수필의 진면목이다. 여성이 씩씩하게 뛰어들어 만들어내는 활기찬 삶의 한 단면과 해후하면서 그런 삶이 곧 그의 수필을 끌고 가는 동인動因이 되고 있음을 실감한다. 여류수필가의 자전거타기, 색다른 문양임에 틀림없다.

한순간의 스침이 강순희에게서 소중한 수필의 소재로 재생산되는 경우가 있다.

> 한낱 식물에게도 모태를 위해 희생하는 정신이 깃들어 있을 줄이야. 여름내 땅에 떨어진 퍼런 귤들이 과수원 바닥을 누렇게 만들었지만 나무는 희생하여 다음 해를 기약하더군요. 부모가 죽을 지경일 때 자식들이 몸속 영양을 가지로 보내고 나서 청춘에 낙과하고 마는 신세였지만 '멋진 결실이다.'라고 말하고 싶은 한 해였습니다.
>
> — 〈생명〉 중에서

자전거를 타고 달리다 멈춰 서서 바라본 풍경을 주섬주섬 수필이라는 광주리에 담아 넣은 것이다. 일상에서 지나치기 십상인 그 한 장면을 놓치지 않는 집요함이 감탄감이다. 감귤밭 밑바닥에 나뒹굴고 있던 퍼런 귤알에서 '모태를 위한 희생'이라는 생명의 소중한 진실을 발견한 관찰안觀察眼, 또 그런 조그만 기미機微에서 생명의 이치에 눈뜨는 지혜야말로 수필적 터득의 한 과정이라는 생각이 들 만큼 강순희는 눈을 번득이고 있다. 수필은 작은 것에서 큰 의미를 찾아낸다는 점에서 휴머니즘적이다. 그의 수필이 도저 치열할 수 있는 가능성, 그게 곧 문학적 진화로 이어질 것을 기대하게 한다.

민감한 역사 앞에서, 좌우를 돌아보았을 것이다. 오해의 소지가 있어서다.

지금은 폐촌인 월랑동 주민들인 어린 철부지에서부터 오십대 아주머니까지 열한 명이 이 굴에서 토벌대에 의해 학살되었다. 그 쓰리고 아린 참혹한 현장을 시멘트 덩이로 막는다고 다랑쉬굴에서 일어났던 만행이 덮어지며 진실이 사라질까. 토벌대와 같이 동행했던 민간인이자 후에 증언자는 굴 입구가 양쪽에 나 있는데 처음에는 입구에 수류탄을 던졌고 그래도 사람들이 나오지 않자 잡초로 불을 지핀 뒤 구멍에 밀어 넣어 굴속에 있는 사람들을 질식사시켰단다.(중략)

쾌청한 날씨에도 마음이 답답하다. 뭐라고 표현할 수 없지만 울화가 치밀었다. 억울하게 죽임을 당한 영혼들이 이 주위를 맴돌고 있을 것만 같아 허공으로 눈을 돌렸다.

— 〈다랑쉬굴에 묻힌 월랑동〉 중에서

제주의 비극 4·3을 비켜가지 않은 것은 강순희 수필의 영역 확산에 몫을 한 것으로, 앞으로 그의 수필의 반경을 가늠케 하는 대목이기도 하다. 짚고 넘어갈 게 있어 하는 소리다. 아무리 껄끄러운 일일망정 작가가 일생을 걸고 세상에 발언하다 보면 공감을 얻게 한다는 진리는, 진리인 만큼 엄연한 것이다.

강순희는 남편이 4·3 당시 아버지와 숙부를 잃었던 애달픈 가족사 앞에 분노하지 않을 수 없었으리라. 얼마 전, 4·3관련 토론회에 갔다가 가슴을 쓸어내리며 나와 버린 적이 있다. 화해와 상생을 내건 토론회가 욕설이 난무하는 불화의 장으로 돌변하고 말지 않는가. 희생자 가족의 육성이 처절하게 들렸다. 항쟁사냐 수난사냐의 시각차가 좁혀지지 않는 한, 화해 상생은 멀다는 평소의 생각에 전혀 진전을 가져다주지 않았다. 누가, 그런 얘기를 했다. "인간이 짐승보다 얼마나 잔인한 족속인지를 보여준 4·3이죠. 아무것도 모르고 죽은 사람들이 많다는 점에서 5·18과는 다르죠." 왜 죽는지도 모르고 죽은 것을 애통해 하는 목소리로 들린다.

강순희 수필은 여류다운 애틋한 정서와 정교 섬세한 필치로 성숙한 수필의 경지를 향해 속도감 있게 나아가고 있음이 눈앞의 실경實景으로 잡힌다.

선생님 한 분과 자전거를 대여해서 섬 주위를 돌다가 서쪽 해안에서 유난히 눈이 띄는 곳이 있어 갯바위에 쪼그리고 앉았습니다. 온 천지가 오묘한 수석들로 깔렸습니다. 진한 노을빛 닮아 보라색 머금은 돌들이 일제히 내게 눈길을 주는 바람에 정신이 혼미합니다. 이 돌, 저 돌 하며 들여다보시던 선생님이 소리칩니다. 열일곱 살 적 첫사랑의 발자국을 발견했답니다. 영락없는 소녀의 발자국이 또렷이 찍힌 어른 손바닥만 한 돌덩이 하나가 선생님 배낭 속으로 모습을 감추어 버립니다.

갯가에서 자연이란 고귀한 이름으로 남아 있어야 하겠지만 간절한 사랑에 늘 허기진 시인의 삶에, 실오라기 같은 숨통으로라도 위안이 되었으면 좋겠습니다. 옛 추억 때문인가 금시에 홍조의 소년이 되어버리는 선생님을 보며, 한 덩이 돌이 옛 사랑을 떠올리는 묘약으로 탄생되는 순간을 부러움 반 시샘 반으로 쳐다봤습니다.

— 〈바람도 풍경이 되는 섬 가파도〉 중에서

한 폭 그림을 방불케 하는 드라마틱한 장면이 묘사의 절정으로 출렁인다. 세공細工된 언어다. 수필이 시적 서정을 차용할 수 있는 극한까지 끌어올린 데다 경어체의 친밀감까지 거들어 나서 강순희의 언어가 너울대며 춤을 추고 있다. 수필이 산문을 고집 않고 시적 요소와 결합함으로써 얻어낼 수 있는 통합장르적 이점을 살리면 이처럼 독자에게 울림을 줄 수 있음을 보여준 성공사례로 내놓을 만하다.

다만, 사소한 표현의 문제나 '선생님이 소리칩니다.'를 '홀연 선생님이 소리치는 게 아닙니까.'로 바꿔 보면 어떨까. 시종 평서문으로 덮여 있는 문면 속의 의문문은 의외의 환기장치가 돼준다. 단조로움에서 벗어나는 것도 일종의 기교다.

여행 일정을 사실적으로 기록하면 수필이 아니다. 자칫 현지 르포로 전락할 수 있다. 강순희에게는 기행문을 기행수필로 승화시키는 재간을 십분 발휘하고 있는데 이 또한 손색이 없다.

　　이번 여행에서 편한 점 하나는 호텔 방에 여장을 풀면 식사하러 가든지, 호텔 내 바에서도 기모노 차림으로 다닐 수 있어서 자유스러웠고 홀가분했다. 어쩌면 기모노를 안 입은 사람이 어색할 정도로 다들 슬리퍼에 기모노 복장이다. 그런데 슬리퍼는 엄지와 검지 발가락 사이에 끼워서 신는 것이라서 남편은 불편하다고 했지만 여행객들에게 가외加外로 기모노와 신발을 제공하면서 일본풍에 젖게 하는, 그다지 밉지 않은 계략을 나는 즐겼다.(중략)

북해도는 게 요리와 연어 요리가 유명하다. 저녁식사는 게 요리가 무진장 나온다는 가이드의 말에 게 다리와의 한판 승부라도 걸 양으로 소매 걷어 올리고 달려들었지만 몇 개 못 먹고 기권했다. 하나 화이트와인은 계속 나를 유혹하는 바람에 오버했다. 남편의 도움으로 계단을 겨우 내려왔지만 여행지에서의 몽롱함이 좋았다. (중략)

실수로 일본 학생의 발을 내가 밟았는데도 먼저 "스미마센"이라고 정중히 고개 숙이던 단아한 학생. 찾아온 관광객들에게 친절하고 예의 바른 모습이었다고 우리에게 각인시켜버린 국민성.

― 〈북해도 여행〉 중에서

여행지까지 일상의 긴장을 끌고 다닐 필요는 없다. 여행은 떠나는 것이고 즐기는 것이다. 분위기에 젖어드는 모습이 보기에 나쁘지 않다. '몽롱함이 좋았다.'고 실토하고 있는 것도 진솔하고, 먹고 마시는 것도 자연스럽다. 다만, 남편처럼 슬리퍼의 불편함을 느끼지 않을 정도로 빠져 든 건 아닌지 하는 것이 다소 걸린다. 낯선 나라, 남의 문화에 적응하는 데는 조금 서먹한 구석이 있어야 할 것 같은데, 탁월한 적응력(?)에 기대어 그는 아니었던 모양이다. 예절 바른 일본 학생을 불러다 앉힌 것은 문화인다운 정중한 태도로 공감한다. 한일 관계를 역사적 적대감에서만 볼 것은 아니다. 일본의 국민성은 많은 단점에도 불구하고 그에 못잖은 장점을 갖고 있다는 객관적 시각을 우호적으로 수용해야 할 시대에 생을 놓고 있는 우리다.

강순희는 문학에 대한 열성이 유별나다. 박경리의 ≪토지≫를 읽으며 삼매에 빠져들어 눈을 떼지 못한다. 은연중 성지를 순례하는 신앙인이 돼 있는 듯하다.

(1) 일상 속, 자투리 시간은 ≪토지≫와 함께 하다 보니 어느덧 흰 이슬이 내린다는 백로 절기라서인가 옥빛으로 물든 하늘처럼 토지 3부까지의 내용이 가슴 서늘하게 한다. 가슴을 졸이게 하는 스릴감 속에서 구한말의 슬픈 역사와 고달팠던 식민지시대의 헐떡이던 숨결도 짚어 본다.

서희가 걸어갈 길이 아득하고 애달프기만 하다. 격동기 민족의 응어리진 한 속에서도 강인한 생명력으로 암울한 시대를 이겨냈던 우리 선조의 삶을 되짚어 봐야지.

다시, 떠나는 자의 종적을 밟으려 ≪토지≫ 제4권을 집어 들었다.

－ 〈≪토지≫를 읽으며〉 중에서

(2) 강렬한 자석에 이끌리는 쇳조각처럼 그쪽으로 빨려 들어갔다. 글씨도 선명한 '순이 삼촌'이라고 새겨진 비석이 묵직한 자태로 밭 한가운데 서 있다. 그 주위에는 아무렇게나 쓰러져 있는데도 사연을 담은 것 같은 비석들이 이리저리 나뒹굴어 있다. 흡사 무를 뽑아서 내던져버린 것 같은 모습이다. 제멋대로 드러누운 비석마다에는 현 작가가 피를 토하듯 써 내려간 주옥 같은 글들이 모여 앉아 도란도란 이야기꽃을 펼치고 있었다. 저희들끼리 의지하며 놀고 있는 듯 보이지만 한낮, 태양의 열기처럼 굳건한 의지가 넘쳐났다. 옴팡밭은

양민들을 한군데로 몰아넣고 무차별 살해한 학살의 현장을 재현한
듯하다.

— 〈순이 삼촌 이야기〉 중에서

(1)은 ≪토지≫의 독후감이고 (2)는 현기영의 〈순이 삼촌〉을 읽
고 작품의 배경이 된 현장을 찾아가 감회를 실토하고 있는 글이다.
자자구구 작품 탐독 뒤 감동의 여운으로 넘쳐나고 있다. 활자체험
이 한 독자를 이토록 도가니로 몰아넣은 작가의 소설적 역량을 평
가할 일이겠으나 수필가 강순희의 문학에 대한 지순한 사랑의 실체
를 만나면서 별스러운 감명으로 온다.

당겨진 현악기의 줄처럼 강순희의 감성은 건드리면 딩딩 울어버
린다.

가파른 벼랑 쪽이어서 조심스레 내려가 아주 가까이에서 어린 상
수리나무와 그 낙엽을 보았다.

경이롭다. 태평양의 그 모진 북풍을 어찌 견뎠을꼬? 추위 속에 연
약한 잎눈을 보듬어 감싸고 있는 바삭하게 말라버린 낙엽들. 손으로
낙엽을 떼어내 봤더니 맥없이 손 안으로 구른다. 잎이 떨어져 나간
곳에는 침봉보다 조금 굵은 앙증맞은 새싹이 봄볕에 얼굴을 내보인
다. 수줍은지 간지럼 타는지 말아 제낀 잎자락을 더욱 여며 매는 것
같다.

아직까지도 끝내면 안되기에 제 생을 모질게도 버텨 온 상수리나

무의 바삭 마른 낙엽. 이 꽃샘추위가 가시면 며칠 안에 땅에 떨어져 어린 나무의 자양분이 되리라.

              − 〈저 어린 상수리 나뭇잎 신통하네〉 중에서

산책길 벼랑에 서 있는 상수리나무의 낙엽에 눈을 주는 순간, 어린 나무가 바싹 마른 잎을 매단 채 서 있는 모습을 예사로이 보아 넘기지 않는다. 할퀴려 드는 설한풍을 막아 어린 싹을 감싸고 있는 낙엽에서 강인하고 따스한 어머니를 느낀다. 그의 감성은 그 누런 잎들을 한낱 허섭스레기쯤으로 지나치지 않았다. 우리는 아무것도 기억하지 못하므로 아무것도 잊지 않는 것 아닐까. 세상에 태어나 어머니가 처음 안아주던, 경험했으면서도 기억할 수 없는 기억 저편의 감촉, 소리, 내음. 강순희는 고엽으로 달라붙어 있는 상수리나뭇잎에서 분명 어머니의 기억 이전을 느꼈을 법하다.

신병훈련소에 입소한 아들을 면회한 소회는 이 땅의 어머니들이 겪는 보편적인 정서이겠으나, 그의 심경 또한 더 없이 각별하다.

이윽고 노란 나일론 줄이 쳐진 선 안으로 들어선 너는 지휘자의 이마에 시선이 꽂힌 채 이 엄마에겐 시선 한 번 안 돌려서 무정하단 생각도 했단다. 하지만 한편으론 군기에 돌입하려 애쓰는 내 아들이 자랑스럽더구나. 이정표대로 잘 나아가는 네가 이 엄마는 마음 뿌듯하면서도 힘들게 버티며 지낼 날들을 생각하니 나도 모르게 눈물이 볼을 타고 흐르고 있었어. 아들도 정말 숨이 막히도록 힘들 땐 저

창창한 하늘 보면서 심호흡 크게 하렴.

　　　　　　　　　　　　　　　　　－〈아들에게〉 중에서

　아들이 훈련을 무사히 마치고 나라의 간성으로서 당당히 자신 앞에 서게 될 날을 기다리는 어머니의 마음처럼 강한 것이 있을까. '아들아, 계절 지나 네가 훈련 마치고 검게 탄 건강한 얼굴로 올 때를 기다리며 햇살 쨍쨍 내리쬐는 날, 침구 일광욕시키며 네 향취 맡으려 이불 속에 얼굴 파묻어 보련다.' 이렇게 자신에게 최면을 걸며 자위한다. 이 지상에서 역시 한국의 어머니는 강하다. 가장 위대하다.

　올레길에 나섰다 외국에 있는 둘째딸과 영상통화 속에서 딸이 보여주던 개미행렬을 회상한다. 베르나르의 〈개미〉 속으로 풍덩 빠져 전이된 모정, 작가의 말을 빌려 용기를 줘야겠다고 마음 먹었던 그 개미 이야기. '좁은 시야를 박차고 한계의 벽을 뚫는 새로운 도전이 아름답네. 천천히 그러나 항상 앞으로 나아가렴. 자아실현을 위해서.'

　서서히 그러나 삽시에. 동녘부터 어스레 물들어버린다. 파도가 울먹인다. 쓸쓸함이 너울진다. 둘째의 동그란 눈을 떠올리니 눈이 시려온다. 내 딸은 아무리 외로워도 저 저무는 바다 빛을 닮지 않을 거라 믿어야지.

　광치기 해변에 어스름이 깔린다. 녹색 비로드 같던 해초가 밀물에 몸을 들이밀며 머리채 풀어헤치고 있다. 멱감을 시간인가 보다. 내일의 길손들을 위해 두 번째 단장에 들어가는 건가.

– 〈천천히 그러나 항상 앞으로〉 중에서

올레길 위에서 딸 생각에 잠긴다. 그리고 '개미'를 만난 인연으로 딸애를 품어 안고 '천천히 그러나 항상 앞으로 가자' 마음속으로 되뇐다. 첫 수필집의 표제가 된 구절이다. 하루의 길손을 자청한 사색, 그것이 시키는 대로 그의 행보는 편하고 사유는 여유롭다.

시골에서 자라던 소녀시절의 회상 한 컷도 빼놓을 수 없는 무늬를 수놓는다.

그렇게 힘들고 아픈 시간들 속에서도 즐겁고 신나는 일도 있었다. 땔감을 하다가 덤불 속에서 산새들도 몰라서 지나쳐버린 산머루덩굴의 흑진주 같은 열매나 쩍쩍 벌어져서 올챙이 알 같은 열매를 보듬어 안은 으름열매를 발견하면 그야말로 횡재한 기분이 된다. 덜컹거리는 마차를 타고 한 시간 넘게 가다 보면 땔감 모으는 작업을 하기도 전에 배가 고파 오는데 달콤하고 향기로운 먹을거리가 산중에 오롯이 숨어 있다가 나를 반기니 내 입이 벌어질 수밖에. 덩굴덩굴 달려 있는 열매를 발견하는 순간을 어찌 말로 표현할 수 있으랴. 그때를 상상하니 즐겁다. 어렵게 장만한 장작이 타고나면 잉걸불에 갓 구워 낸 고등어 맛도.

– 〈고등어가 잉걸불을 만났을 때〉 중에서

회상에서 현재로 회귀하는 순환의 길목에서 아버지를 따라 들에 가서 땔감 하던 장면이 기억 너머 아스라이 펼쳐진다. 산속 으슥한 곳에서 으름열매를 따먹던 추억이 감미롭다. 현실로 돌아온 눈앞에 장작더미 속에 이글거리는 잉걸불, 실은 새벽 어시장에서 고등어를 샀다. 죽이 맞아 떨어진다. 지글지글 구워질 고등어. 어느새 입안에 군침이 돈다. 단숨에 시공을 뛰어넘는가 하면, 이를테면 언어가 매개하는 '잉걸불, 고등어' 같은 사물이 현장감에 편입되고 매몰되면서 독자의 후각을 후벼드는 즉물적卽物的 표현이 여간 독특한 게 아니다.

강순희는 나이 들면서도 소녀 같은 순정한 사랑의 사념에 들어 휘정거린다. 통속이 아닌 미지에 대한 동경이거나 경험하지 못한 세계에의 연모이거나, 혹여 그게 순전히 문학을 순애함일 수도 있는 그런 모든 것을 향한 아득한 시선이다.

> 치자꽃 가슴에 안고 녹음 우거진 오솔길을 무작정 걷고 싶다. 이 계절에 나에게 슬며시 사랑 걸기 하는 이 있었으면……. 아니면 멀리 있어도 마음으로 만나며 문학을 노래하고 아름다운 시어詩語 나눌 수 있는 이 있어 사유의 나래 맘껏 펼 수 있다면, 그것 또한 마다하지 않으리. 왁자지껄한 사랑이 아닌 아련하게 다가오는 그런 사랑이면 좋겠다. 마음속에 은은한 향기로 남아 있는 그런 사람으로 있어주기. 그랬으면 좋겠다.
>
> ─〈치자의 계절〉 중에서

수필, 특히 여류의 수필은 젊어야 한다. 표정이 젊어야 하고 마음과 몸짓이 젊어야 하고 사물을 바라보는 눈빛 또한 그윽이 젊어야 한다. 결국 총체적으로 그가 선택하는 언어가 젊음의 향기로 은은해야 함은 물론이다. 강순희의 이 수필은 이런 여성 혹은 여류적인 서정을 담뿍 담아냄으로써 풋풋한 젊음을 거리낌 없이 뽐내고 있다.

강순희의 수필에는 사물에 대한 일정 수준의 해석이 들어 있어 무게를 지닌다. 주제 설정에 성공하고 있다는 것으로 가볍게 지나칠 수 없는 일이다.

일곱 해 가까이 땅속에서 지낸 뒤 지상에 나온 수매미는 뜨거운 태양보다 더 정열적으로 노래한다. 그 노래는 기나긴 세월이 서러워 하소연함인가. 사랑이 어서 오기를 갈망하는 염원일까. 그나마 큰소리 내지르며 세상에 왔노라고 포효하듯 울어대는 수컷에 비하면 암컷은 배에 있는 귀로 울음소리를 알아들을 뿐 '맴' 하고 소리 한 번 내지르지 못한 채 일생을 끝낸다. 수컷의 쟁쟁하지만 절절한 울음 속엔 암컷의 한도 서려 있을 거야.

수매미의 울음은 사랑을 향한 찬란한 절정 후, 소멸을 예견한 장송곡이러니. 단 며칠 불처럼 활활 타오르는 열정에 혼신을 내던지는 매미 넌, 이카로스의 운명을 닮았다.

　　　　　　　　　　　　　　　　　　　－〈매미의 노래〉 중에서

감정이입이다. 매미의 울음을 하찮은 한때의 음향 정도로 털어버리지 않고 '하소연, 갈망'의 언어로 치환하다 나중엔 '한, 장송곡'이라더니 종국에 '이카로스의 운명'이라 말할 수 있는 그다운 접근 방식이 수필을 보다 유의미하게 하고 있다. 수필 속의 언어가 이만한 무게를 잴 수 있다는 것은 작가의 내공에서 나온 것임을 감안한다면 이쯤에서 박수감이다.

　다만, 구성에서 길지 않은 작품인데 전체적으로는 주제에 모아져야 할 핀트가 다소 산만한 느낌이 든다. '붓 가는 대로'라 해온 수필의 '무기교의 기교'가 이제는 아니다. 수필의 완성도는 탄탄한 구성에서 나온다 해도 과장이 아님을 염두에 두었으면 한다.

3.

　강순희의 수필세계를, 평자 임의로 작품 14편을 선정해 제한적으로 살펴보았다. 등단 6년차의 작가로서 이만한 작품을 쓰고 있다는 사실에 놀랐다. '놀라움'이라 하고 있는 것은 작품을 많이 썼다는 것보다, 작품들이 갖고 있는 질적 수준을 적시함임을 밝혀두려 함이다. 이 말은, 그의 작품 저변에 흐르는 작가의 숨결, 다시 말해 수필에 대한 그의 애정은 우연만한 정도를 넘어 극한에 이르고 있다는 사실의 발견에 연유한다. 남 다른 수필 애착이다. 그의 수필 곳곳에 스민 수필에 대한 깊은 애정이 신뢰감을 준다. 수필에 대한 진정성을 두고 이름이다. 평자가 '문학을 향한 오랜 꿈, 수필에 가두다'라 제목을 단 소이所以이기도 하다.

그와 공공도서관 창작교실 강의에서 만난 인연이 그 뒤, '동인脈' 회원으로 합류하면서 외연을 넓히며 문학을 함께 해오는 터이지만, 첫 작품집에 수록하고 있는 작품을 보며 실로 그의 새로운 면모를 대하는 것 같아 가벼이 전율한다.

강순희는 의식이 깨어 있는 작가다. 조그만 나태도 허락지 않고 세상을 자기만의 시선으로 바라본다. 관조의 시선이다. 소재와 만나기 위한 그의 시선은 뾰족하게 날 서 있고, 그의 귀는 밖으로 쫑긋 세워 있다. 특별하지 않은 체험은 대동소이함을 잘 아는 그로서, 그 나물에 그 밥을 수필로 올려놓을 리 만무하지 않은가. 똑같은 아침을 맞을 수 없듯, 어제의 소재를 오늘에 재탕하거나나 복사하지 않는 그다. 소소한 과거지향적인 안주에의 거부, 그의 수필이 진화할 것이라 기대하는 이유이다.

언어가 수행되는 과정에는 언제나 언어의 그림자가 따른다. 그 그림자가 짙을수록 의미의 난해·애매함 또한 커진다. 교술성보다 대상의 구체적 형상화가 두드러진다는 뜻이다. 수필도 문학인 이상 구체적인 묘사에 무게를 싣지 않을 수 없다. 묘사에 쏟아지는 언어의 생생한 육질, 정서적 생동감이야말로 빼놓을 수 없는 중요한 수필의 요소이다.

끝으로 주문하고 싶은 게 있다. 수필을 쓸 때마다 낯설고, 서툴고,

초면이고 그런 것 아닌가. 수필을 최상의 가치로 여긴다는 것, 개성을 지닌 수필, 누구와 비슷한 것이 아닌 변별적인 수필을 쓰려는 자세를 가져달라는 것이다.

수필은 어휘다. 작가의 곳간에 얼마나 다양한 어휘가 축적돼 있느냐가 작품의 성패를 좌우한다. 그간 치열한 연마로 찬연한 다보의 탑으로 솟았으되, 조금 더 어휘탐구에 에너지를 쏟았으면 하는 것이다. 그런다면 강순희의 수필은 새로운 변경을 열어가며 명품의 반열에 뛰어오를 것이라 믿는다.

첫 작품집인데, 여기 눈 시린 쌀알에 뉘 같은 작품 몇 편 섞였음을 부끄러워할 필요는 없다. 평생을 두고 대표작 한 편, 혹은 명작 한 편이면 된다고 치부할 일이다. 제2수필집에서 강순희의 달라진 수필과 만날 날을 고대하겠다.

고독해지기 위해, 보다 견고한 고독을 위해 섬으로 떠나는 시인이 있다. 더 외로워져라 말하고 싶다.

강순희 수필집

천천히 그러나
항상 앞으로

인쇄 / 2013년 6월 5일
발행 / 2013년 6월 12일

지은이 / 강 순 희
발행인 / 서 정 환
발행처 / 수필과비평사

출판등록 / 1984년 8월 17일 제28호
주   소 / 서울시 종로구 삼일대로 32길 36
            (익선동 30-6 운현신화타워 빌딩) 301호
전   화 / (02) 3675-5633, (063) 275-4000
팩   스 / (063) 274-3131
E-mail / essay321@hanmail.net

값 10,000원

ISBN 978-89-98524-58-6   03810

이 도서의 국립중앙도서관 출판시도서목록(CIP)은 서지정보유통
지원시스템 홈페이지(http://seoji.nl.go.kr)와 국가자료공동목
록시스템(http://www.nl.go.kr/kolisnet)에서 이용하실 수 있
습니다.(CIP제어번호: CIP2013008146)

이 책은 2013년 한국문화예술위원회, 제주특별자치도, 제주
문화예술재단의 일부 창작지원금을 받아 발간되었습니다.